이토록 가까운 거리라니요

· 이웃집 치과의사

이토록 가까운 거리라니요

• 이웃집 치과의사

나와
잘 지내는
시간 04

구름의시간

하혜련

"글을 쓴다는 것은 우리를 변화시킨다. 우리는 지금 우리를 따라서 글을 쓰는 게 아니다. 우리가 쓰는 것에 따라 우리가 된다." (모리스 블랑쇼)

허리를 다쳤다. 통증이 심해 걸을 수 없고 앉아 일할 때마다 끙끙대는 소리가 절로 났다. 치과의사에게 목과 허리로 고질병이 올 수 있는 걸 알았지만 참 무심했다. 척추 엑스레이를 찍고 주사를 맞았다. "조금 따끔할 거예요."라는 의사의 말은 내가 주로 하던 말인데. 난 통증에 굴복한 채 엎드려 있었다. 치료자였던 내가 순식간에 환자가 되었다. 갑작스러운 통증이 고마운 건 놓처버렸던 것들을 다시 찾을 기회를 갖게 되는 점이다.

뼈가 퇴행해갔지만 몰랐다. 내 감정에 묻혀 억울했고 열망했고 미워하고 아파하느라 내 전체가 눌려 있음을 몰랐다. 통증은 일터에서 내가 일할 때마다 해결해야 할 주제였는데 내 안에 있는 통증도 조절하지 못하며 살아왔다. 사람을 일하게 하고 버티게 하는 건 뭘까 자주 고민했지만 나를 버티게 했고 일하게 했던 비밀스러운 고백들은 진정 마주하지 못하고 덮으며 살아왔다. 나는 도대체 나에게서 얼마나 떨어져 지냈던 걸까.

치료자인 삶을 살았지만 나 때문에 주변이 망쳐질까 봐 늘 두려웠다. 용감한 척했지만 염려하며 일했다. 끝까지 버티리라 밝게 웃는 사람이었지만 비밀스럽게 묶인 감정들에 얽매일 때면 자주 무너졌다. 이중인격을 가진 사람이 너무 싫지만 내 인생은 이중성을 지닌 것 같았다. 겉은 의사지만 속으론 작가를 꿈꾸는 나는 자주 현실과 환상을 오고 갔다. 그 둘의 거리는 얼마나 멀었던가. 매번 벗어나고 싶었지만 치과의사의 삶을 벗을 수 없었던 이유와 내가 조금 더 사람다워지고 의사다운

의사로 살아가고 싶다는 이유를 이 책을 쓰면서 알았다. 마음속 짐들은 무거웠지만 그것을 짊어지며 지켜감이 날 만들어가고 있었다. 내 안에 있는 이중의 짐과 비밀들을 풀어나가며 '내 이야기'를 소중히 기록했다.

"아~ 하세요." 내가 환자에게 가장 많이 하는 말이다. 아 하는 순간 환자 입안 세계가 내게 열린다. 그만큼 거리가 가까워졌을 때 내가 고쳐야 할 세상이 보인다. "왜 아프죠?"라고 묻는 사람의 고통이 전달된다. 폴란드 시인이자 제2차 세계 대전 때 간호사로 활동한 안나 스위르는 "나의 고통은 쓸모가 있다. 그것은 나에게 타인의 고통에 대해 쓸 특권을 준다. 내 고통은 하나의 연필. 그것으로 난 쓴다."라고 했다. 내가 겪은 고통도 누군가에게 약방의 감초 같은 역할을 할 수 있다면 좋겠다.

이 책에는 앞으로 치과 일을 계속하기 위해 '나'를 이루는 바탕에 대해 어렵게 끄집어낸 내 마음이 담겨 있다. 치과란 일터에서 일하고 원장실 서재에서 읽으며 두 공간을 오가며 살던 내가 내 일의 시작이 된 첫 번째 정류장은 어디일까 생각하며 썼다. 글쓰기를 하며 새로운 마음을 찾았다. 쓰는 과정을 통해 변화된 내가 생겼다. '일은 내 운명'임을 알았고 치통과 마음 통증은 비슷하며 귀 기울여 살필 때 통증이 완화되리라 믿게 되었다.

누구에게나 아무에게도 말하지 못해 싸매야 했던 나름의 속사정이 있다. 제 입속을 환히 먼저 열어 보이기 힘들 만큼 만성이 되어버린 것들. 언제 어떻게 아프게 되었는지조차 모르는 그 무거운 것들을 짊어지지 말고 털어버리는 게 어떨까. 돌보는 사람과 치료받는 사람 모두에게 아~ 하는 과정이 있어야 진정한 치료가 시작된다. 내 이야기들을 먼저 열어보는 마음으로 글들을 펼쳐놓는다.

내가 처음 출발했던, 나를 이룬 첫 번째 정류장을 잊고 놓치고 살았다. 나만 그런 게 아니라면, 당신도 당신 이야기를 아~ 하듯 환하게 드러내 보이며 살 수 있도록 내가 먼저 아~ 해보았다. 내가 먼저 다가가 내 이야기들로 당신과의 거리를 좁혀보고 싶었으니까. 가까운 거리로 늘 더불어 있고 싶으니까 말이다.

목차

Ⅲ 이토록 가까운 마음

I 이토록 가까운 사람

아말감 사랑

"나 급해. 치료할 사람이 필요해."

치의대 본과 3학년 때 보존과 충치 치료 실습으로 아말
감 치료를 해야 했다. 며칠 내로 실습할 환자를 구해야
했는데 아말감 치료가 필요한 사람을 찾을 수 없었다.
친구에게 도움을 청했다. "너희 과 사람 아무나 좀 보내
줘. 웬만하면 치료할 게 한두 개쯤 있겠지." 얼마 뒤에
친구가 보낼 사람을 찾았다며 연락해왔다.

약속대로 한 사람이 나타났다. 거짓말 같이 환한 모습
으로 내 앞에 서 있었다. 아주 오래 봐왔던 것처럼 느껴

져 마치 나의 친오빠 같았다. 처음 본 순간 이미 내 영혼은 그에게 이끌리고 반했던 것 같다. 그는 그렇게 나를 찾아왔다.

수련의 선생님들이 '적응증' 검사를 했다. 학생들이 데려오는 환자들이 치료할 대상에 부합하는지 검사하고 통과, 불통과를 결정했다. 그는 담배를 피우지 않기 때문에 스케일링 케이스에도 해당되지 않았지만 열심히 찾아서 치료해야 할 치아 하나를 겨우 찾아냈다. 다행히 그는 통과됐다.

출석 체크를 위해 복잡했던 복도를 그와 함께 걸어 나갔다. 그의 친구도 연인도 가족도 아니었는데 '봐, 봐. 우리 잘 어울리지.' 하고 자랑하고 싶었다. 누구든 그가 누구냐고 물으면 "내 오빠. 내 남자 친구. 내가 아끼는 사람."이라 대답하고 싶었지만 정작 친구들이 누구냐고 물었을 땐 "응. 내 환자. 아말감 환자야."라고 서둘러 대답하며 그 통로를 빠져나갈 수밖에 없었다. (지금 생각해 보면, 병원 안에서 잠시 몇 분 커플처럼 걸었던 순간이 우리 둘이 연인으로서 부부로서 걸어갈 순간을 미리 보여준 것 같다.)

치료 당일. 마루타가 되듯 내 첫 번째 아말감 치료 환자가 된다는 사실을 모르는 것처럼 그는 편안하게 눈을 감았다. 대략 치료 순서를 설명했지만 그는 별 질문이 없었다. 알았다는 뜻으로 미소를 지을 뿐이었다.

나는 금이나 레진보다 못한 아말감을 그 사람 입안에 넣어야 한다는 생각에 정말 잘 치료하고 싶었다. 세상에서 제일 예쁘고 단단한 아말감을 만들어주고 싶었다. 그의 환한 피부와 미소에 어울리는 아말감. 난 그런 치료를 해야 했다.

많이 떨렸다. 첫 치료여서였는지, 그를 치료해서였는지 모르겠지만. 미안하기도 하고 복잡한 마음이었던 나는 그에게 제안을 했다.
"오빠, 제 환자가 되어주셔서 정말 감사해요. 오늘 치료를 A, B ,C, D로 점수 매겨보세요. A, B로 훌륭했다면 제가 수고했으니 오빠가 밥을 사주시고요, C, D로 낮은 점수를 주면 제가 미안하니 오빠에게 밥을 사드릴게요."

실습실은 소음이 가득했다. 친구들의 왁자지껄한 소리는 소란스러운 기계음과 만나 굉장히 시끄러웠다. 그런 소음 속에서도 그는 평온했다. 다른 체어에 누워 있던 친구들 환자는 "아파? 언제 끝나? 나 안 아프게 잘해줘. 근데 너 못하지? 이건 뭐냐?" 등등 질문을 쏟아내며 난리가 아니었다. 하지만 그는 상황에 잘 적응하고 내처치가 자연스럽게 넘어가도록 가만히 있어주었다. 아주 경력 많은 사람이 하는 것처럼 그가 내 치료 실습을 받아주었기 때문에 순조로웠다. 실습을 하는 날은 점수를 따야 하고 과정마다 체크하는 것을 환자와 내가 잘 소화해야 하기 때문에 긴장을 많이 할 수밖에 없는데도 큰 실수 없이 해낼 수 있었다.

그가 내게 어떤 점수를 주었는지, 대답을 했는지 기억에 없지만 아무튼 그와 나는 수제비를 먹었다. 마취가다 안 풀렸던 그를 걱정하며 많이 씹지 않아도 될 음식을 선택했었다. 씹다가 다칠 수 있으니 천천히 먹으라고 했다. 아말감 치료는 오래 걸려도 30분 정도면 할 수있다. 그런데 그날은 나의 첫 아말감 치료였고 단계마다 수련의 선생님의 확인 후 치료를 해야 해서 대기 시간까지 3시간이 넘게 걸렸다. 게다가 마취가 풀리지 않은 상태로 천천히 밥을 먹어야 했기 때문에 30분이면 다 먹을 밥을 우린 한 시간 반 넘게 먹었다.

모든 게 아말감 덕분이었다. 이야기를 나눌수록 그를 사랑하고 싶어졌다. 난 그를 만나기 전 아주 지쳐 있었고, 누군가 나타난다면 그가 내 마지막 사랑이었으면 했다. 그는 몰랐겠지만, 만난 첫 순간부터 그가 내가 사랑하게 될 사람이며 마지막 사랑이길 바랐다.

그 당시 나는 작은 틈새에 낀 참새처럼 사느라 긴장과 두통이 심했다. 어딘가에 꽉 끼어 있는 것 같은 답답한 상태로 끙끙대며 하루하루를 통과하는 중이었다. 아직 어른 참새처럼 날 수도 없고 어디로 날아갈지 정해진 바 없어 더 불안했던 그때. 그 틈새를 벌려줄 수 있는 사람처럼 그가 나타났던 것이다. 살짝 틈만 생겨도 숨 쉬기가 달라지는 법. 그가 나의 조여오는 긴장을 풀어주었다. 그것은 세상의 멋진 기준에 그가 꼭 맞는 사람이어서가 아니라 소란스러운 환경 속에서도 치료 분위기에 맞추며 날 위해 치아를 내어주었던 그 푸근하고도 따뜻한 마음 때문이었다.

그날의 그를 기억한다. 내가 지금 치료자로서 편안하게 치료할 수 있는 사람이 되었다면 그 바탕에는 아말감 치료를 아주 편안하게 받아준 그, 나의 남편이 있다. 점수가 필요했던 순간 딱 나타났던 그는 내가 그를 필요로 하는 순간에 늘 함께하리라 믿는다. 아말감 하나가 참 열일했다.

이모 4인방

순천 이모, 수원 이모, 덕소 이모 그리고 하남 이모.

나에게는 사는 지역의 이름을 붙여 부르는 소중한 이모들이 있다. 성장하는 동안 이모들에게 사랑을 받았고 까칠하고 예민한 내가 엄마가 되었을 땐 양육의 도움을 받았다. 첫째 아이는 덕소 이모 곁에 가서 키웠고, 둘째는 순천 이모가 사는 곳에 잠시 보내서 키웠다. 아이를 낳으면 다 키워주겠다고 장담하던 수원 이모는 나와 같은 해에 셋째를 낳아서 날 도와주지는 못했지만 세 살 차이밖에 나지 않아 늘 언니같이 보살펴준다. 하남 이모는 아이들이 한창 한글을 깨치고 구구단을 외우며 태

권도 학원을 다니던 시절에 많은 도움을 주었다.

일을 지속하기 위해서 얼마나 많은 주변 사람들의 도움이 필요했는지 모른다. 출근하고 퇴근할 때까지 어린 아이들을 어디다 맡겨야 할지, 아이들이 다치지 않고 무얼 하고 있는지, 일을 하면서도 내 마음은 자주 아렸다. 일을 지키기 위해 엄마로서 사는 순간을 잃게 되는 게 안타까웠다. 젖을 제대로 먹이지 못하고 원장실에 수유 기계를 두고 젖을 짜 보관해 저녁에 먹였던 순간과 엄마 가지 말라는 아이를 어린이집에 두고 뛰어나오며 울었던 날들이 기억난다. 나는 자주 지쳤고 회의가 들었다. 이렇게까지 하면서 일을 계속하는 게 맞는 건지 자주 묻게 되었다. 내 아이도 제대로 돌보지 못하면서 무슨 큰일을 한다고 하루종일 종종대고 있는 건지, 좌절감이 찾아올 때는 일과 양육 모두에서 실패한 사람처럼 한없이 작아졌다.

이모 4인방은 그런 나를 자주 달랬다.

순천 이모 왈, "우리 혜련이 기저귀 찰 땐 그렇게 울더

만, 니가 지금은 치과의사가 되었네. 어릴 때부터 널 봤지만, 넌 잘할 거야."

수원 이모 왈, "늘 네가 걱정돼. 울지 말고, 힘들어도 다 잘될 거야. 잘되려고 그런 거라 생각하고 꾹 참고. 애들 보고 힘내고."

요즘 풍수지리에 꽂힌 덕소 이모 왈, "안방에 거울이 꼭 필요해? 액자 좀 제대로 걸고. 집안 구조를 확 바꿔보자."

하남 이모 왈, "내가 맨날 아파. 얼마 못 살것다. 출퇴근하듯 가서 너희 아이들 돌봤던 그 시절이 제일 행복했네. 아이들이 맨날맨날 보고 싶다. 많이 컸지?"

하남 이모는 몇 년 동안이나 퇴근하고 오는 내 모습을 보았다. 업 다운되는 내 감정을 가장 먼저 들켰던 사람이었다. 이모는 내가 집에 들어서는 모습만 봐도 내 기분이 바닥인지 중간인지 아니면 괜찮은 건지 아무리 숨기려 해도 금방 파악했다. 그 시절 나의 짜증과 울분과 속상함이 쏟아지는 그 길 한복판에서 나를 아무 말 없이 지켜주기도 하고 혼내기도 했으며 무엇보다 언제나 잘 먹여주었다.

지금 일터에서 일하게 된 것도 하남 이모 덕분이다. 그 전 병원을 접고 완전히 일을 그만두고 싶었던 내 인생 포기의 순간에 이모가 "거기 우리 집 앞에 자리가 계속 비어 있던데. 한번 안 가 볼래?"라며 "거기 나쁘지 않아. 우리 집 앞이라 내가 쭉 봤었어. 해봐라. 가보자." 했다. 아무것도 하고 싶지 않았던 날 일으켰던 그 시간. 그 잠깐의 시간이 없었더라면 나는 지금 이 자리에 없을 것이다. 하남 이모에게 고마운 마음을 전하고 싶다.

'이모, 지금처럼 음악 많이 듣고 기도하고 아픈 부위들 치료받으며 건강 챙기세요. 가끔 내게 치료받으러 오시고요. 몇 년 있으면 미국에서 그렇게 보고 싶은 딸과 사위와 손녀도 올 거고. 평생 많은 것을 기다리시며 살았잖아요? 앞으로도 이모는 잘 기다리시겠죠? 자주 날 보러 와주세요. 내 얼굴엔 이모가 좋아하는 우리 애들 얼굴이 다 있잖아요. 그 시절 내가 부렸던 꼬장들은 부디 잊어주세요. 고마워요. 이모.'

이모들이 있어서 독수리 오형제가 부럽지 않다. 이제 이모들이 아픈 치아를 방치하지 않도록 잘 돌봐야 하겠지. 이모 4인방 덕분에 그냥 방치하고 싶었던 내 삶을 추스를 수 있었던 것처럼. 이모들이 너무 걱정하지 않게 내가 잘 살아내야 할 텐데. 늘 내 걱정하는 소리가 들리는 것 같다.

"이모들 미안해요. 제가 더 잘 살아볼게요. 그나저나 난 언제쯤 여유가 생길까요? 이모들은 알아요?"

엄마와의 데이트

비가 엄청 내린 다음 날은 구름 모양이 확연히 예쁘다.

우리가 저토록 아름다운 구름 아래에서 살고 있구나 싶었던 날, 오랜만에 서울에 올라온 엄마와 산책을 나섰다. 산책길에서 본 천변 주변 수초들은 거세진 물살을 따라 누워 있었다. 물이 쓸고 간 대로 남겨진 흔적을 보며 인생의 상처들이 우리 몸과 마음에 남긴 내상을 생각했다. 아주 큰 슬픔을 겪은 사람은 자기 삶에 다시는 기쁨이 없을 거라 여기며 포기하고 무기력해지기 쉽다. 그러다가 어떤 계기로 다시 기쁨을 맛본다. 잃어버렸는 줄 알았다가 만나게 되면 얼마나 반가울까. 단맛을 잃고 산 사람이 단맛을 다시 느끼게 된 것처럼, 죽은 것 같았던 감각이 살아난다면 말이다.

오랜만에 만난 엄마 얼굴을 슬쩍 쳐다보았다. 일을 많이 해서 폭삭 더 늙어버렸으면 어떡하나 걱정했던 것과 달리 살이 좀 붙어보여 마음이 놓였다. '우리 엄마는 소진되지 않았구나!' 엄마는 밝은 핑크색 원피스를 입고 있었다. 몇 년 전에 내가 사서 보낸 원피스였다. 지금의 내 나이 때 엄마는 나의 수학 영어 과외비를 대느라 본인 옷 한 벌 사서 입을 돈도 없었을 것이다. 엄마는 그러겠지. 네가 공부를 잘해서 신바람이 났다고, 힘든 줄 몰랐다고. 처음 의사 가운을 입은 나를 봤던 날 엄마는 그렇게 좋을 수가 없었단다. 땟자국이 있었을 텐데도 엄마는 눈부시게 하얀 가운이었던 걸로 기억할 정도니까.

엄마는 30년 가까이 식당을 해왔다. 칠순이 넘은 지금까지. 엄마는 새벽에 일어나 장을 보고 자식들 입에 넣을 반찬을 만들듯이 김치를 담그며 손님 맞을 준비를 하고 남들이 맛있게 먹는 모습과 함께 살았다. 넋을 놓고 멍했을 만한 시기에도 쉬지 않고 일을 했다. 어떻게 그럴 수 있었을까. 엄마와 새벽 사우나를 간 적이 있다. 시장에서 살 물건과 그날 할 일을 되뇌이는 엄마를 보면서 엄마의 노동이 우리를 먹여 살리고 누군가를 배부르게 해준 것처럼, 그 노동이 엄마 자신도 살리고 있다는 것을 알았다. 눈시울이 뜨거워졌다.

새벽에 일어나 책을 읽으면서 엄마가 새벽 사우나 갈 시간이겠구나, 시장에서 물건을 사고 있겠구나 한다. 출근해서 가운을 입으며 엄마가 국을 끓이고 반찬을 거의 다 만들었겠구나 한다. 내가 도시락을 먹고 잠시 쉴 때조차 엄마는 가게로 들어오는 사람들을 챙기느라 최고로 바삐 움직일 때겠구나 한다.

엄마가 노동을 포기하지 않는 것이 딸인 나를 위해서라는 것을 안다. 엄마가 돌봐야 할 사람이 한 명이라도 남아 있다면 엄마는 노동을, 삶을 포기하지 않을 사람이라는 것을 안다.

그날 엄마와 카페에 가고 싶었다. 엄마가 소진되지 않았다는 안도감과 내가 사준 핑크색 원피스를 입고 있었기 때문이었을 것이다. 웬만하면 그냥 집에서 먹자고 할 엄마도 그러자고 했다. 남들은 운동복을 입고 나왔는데 우리는 녹색, 핑크색의 원피스에 샌들 차림이었다. 손도 잡고 걸었다. 아파트 근처 상가 카페에서 지나가는 사람들을 보며 수다도 떨고 커피와 생크림 카스텔라도 먹었다. 커피가 1+1이라서 한 잔 값은 공짜였다. 내가 사려고 했는데 엄마가 사겠다며 5만 원을 줬으니 3만 7천 원이 내 용돈으로 남았다.

얼마만의 데이트인가. 엄마도 남들처럼 남이 해준 밥을 먹고 영화도 보고 카페에 가서 아무 걱정 없는 사람처럼 시간을 보내는 것, 딸에게 조금이라도 용돈을 쥐어주는 것, 이것저것 배우다가 그만두는 나를 응원해주는 것, 이런 남들 같은 일상이 필요했을 텐데……. 권투 레슨을 여덟 번 받고 그만두었다는 내 블로그 글을 읽고는 엄마가 레슨비를 내주겠다면서 다시 배우라고 한다. 배워서 팍팍 시원하게 때리면서 살라고 말이다. 엄마는 내가 신나게 살기를 바란다. 나도 안다.

환상적으로 펼쳐지던 구름은 사라지고 날은 저물어가고 있었다. 이야기를 하는 동안 카페에는 모녀로 보이는 커플이 우리 말고도 두 커플이나 더 있었다. 엄마와 나도 아직 할 이야기가 남아 있다. 언젠가는 해야 할 이야기, 서로 가슴 아플까 봐 말하지 못했던 이야기. 열심히 살지 않으면 견딜 수 없었던 시간의 이야기들을 이제 나누어야 할 때가 왔다는 것을 안다.

환상 속에서 너를 봐

어땠을까.

동생을 많이 안아주었으면 어땠을까, 다정한 말을 많이 해주었다면 어땠을까. 편지라도 써서 마음을 전했으면 어땠을까. 주소를 몰라서 부칠 수 없는 편지를 써본다.

감기에 걸렸어 / 내가 아파야 남 아픈 게 보인다고 / 그러니 시간이 다르게 흐르더라 / 현재가 과거 같고 과거가 현재가 되어주고 / 우리를 둘러싼 모든 것들은 / 사랑 안에서, 상상해 보는 천국 안에서, 믿음 안에서 사라지고 진정 원하는 본

질만 남더라 / 너도 나도 이제 사십 대니 그 정도는 알게 되었지만 / 중요하고 좋은 것들과 아픈 것까지 함께 나눌 수 없다는 게 난 점점 속이 상해 / 너도 그래? / 왜 해야 할 때, 하고 싶을 때 하지 않았을까? / 파주에 함께 가던 날, 차 안에서 부르던 〈어땠을까〉를 누난 네가 보고 싶을 때 아주 크게 불러 / 제발 함께 불러주라

#1 오락실 풍경이 보인다

동생은 아주 성가신 아이였어요. 맨날 나를 귀찮게 했고요. 그게 말이죠 늘 오락실로 잡으러 다녀야 했거든요. 대충 좀 하고 오지 오락에 빠져들면 해가 져도 몰라요. 동생 찾아오라는 엄마 성화에 슬리퍼를 신고 걷기 시작해요. 동네 주변엔 오락실이 세 군데 정도 있지만 먼저 값이 싼 문방구 앞에 있는지부터 확인해야 해요. 동생은 돈이 많지 않으니까요. 씩씩거리면서 동생을 찾으러 나설 땐 내가 더 억울해 숨이 넘어갈 판이죠. 붙잡히기만 해봐, 등짝이 뭐야 머리통부터 갈겨줄 거야. 동생이 "누나 왔어? 나 밥 먹으라고 데리러 왔어?"라고 할 걸 아니까 심술이 더 나요. 오늘만 너 찾으러 가지

절대 담에는 안 가. 엄마는 밥 한 끼가 뭐라고 꼭 밥 먹을 때 동생이 있어야 한다고 그렇게 성화야. 알아서 밥 때 되면 돌아와야지 이건 무식한 거야, 오락병이야? 두 군데, 세 군데를 들렀지만 동생을 찾지 못한 날엔 더 어둑해지기 전에 집에 가고 싶었고요. 자주 그 길 위에서 지쳤어요. 난 왜 맨날 널 찾으러 다녀야 하냐. 넌 왜 맨날 날 귀찮게 하냐.

장난꾸러기인 동생은 내가 소중하게 여기는 걸 자주 부숴버렸고 우습게 알았다. 자꾸 내가 쌓은 모래성을 무너트리니 가만 안 둘 거야. 오락실 기계 앞에 앉아 혼신의 힘을 다해 결과물을 내려고 애쓰는 동생을 기다려주는 대신에 힘껏 뛰어가 동생 머리와 동생이 손으로 잡고 있던 오락기 손잡이를 같이 흔들어버렸다. "에이, 죽었어. 누나 땜에." "어쩌냐. 집에 가자." 했지만 난 동생이 내려고 했던 점수를 놓친 게 아주 고소했다. 집까지 걸어오는 동안 동생은 누나 때문이다, 누나가 늦게 왔어야 했다, 데리러 안 와도 내가 안 가겠느냐 하며 놓쳐버린 게임 점수를 아쉬워하며 날 들볶았다.

동생은 그렇게 나를 귀찮게 했던 아이였다.

#2 롤러스케이트 타던 풍경

어릴 때 롤러스케이트를 많이 탔다. 동네에는 가건물처럼 설치해둔 조그마한 롤러장이 있었는데 지금 생각해보면 뱅뱅 도는 구조로만 된 곳 같다. 그곳에서는 종일 신나는 팝 음악이 빵빵하게 나왔다. 아마도 넘어지고 부딪혀 다쳐도 아픈 줄 모르고 계속 탈 수 있었던 것은 볼륨을 크게 높여 평상시 세계와 다르게 흐르던 그 음악 때문인 것 같다. 나는 마치 휘파람을 잘 부는 소녀처럼 입술을 오물거렸다. 음악을 타고 춤추듯 요리조리 바퀴를 잘 굴리며 멋지게 타는 여자가 되고 싶었다. 위험해도 옆에 있던 봉 같은 건 절대 잡지 않는다는 것을 보여주기 위해 발가락까지 힘을 주어 균형 잡아 넘어지지 않으려 했다. 내가 몇 바퀴를 돌았더라. 같이 놀던 동생을 챙겨야 했지만 노는 흐름이 끊어지니 그럴 수 없었다. 뱅뱅뱅 도는 속도감에 취해 열 바퀴를 채우고 찾기로 했다. 그런데 찾으려고 멈춰서 둘러보니 동생이 없었다. 동생은 내가 필요할 때 누나 하며 불렀겠지만 난 음악

소리만 들었을 테지. 동생은 위험할 때 누나 하며 넘어
졌겠지만 난 뱅뱅 도느라 볼 수 없었을 테지.

동생은 그렇게 내 흐름을 끊는 아이라고 생각했으니까.

#3 동생의 손

피가 철철 났다. 손가락이 끊어진 게 아닌지 너무 무서
웠던 날. 부들부들 떨렸다. 동생은 아프지 않다면서 웃
었다. 지랄. 무서움을 잘 타던 동생에게 일부러 귀신 흉
내를 내서 겁을 먹게 만들었다. 그러면 모든 게임에서
내가 이겼다. 동생을 이길 수 있는 건 무섭게 하는 것
뿐. 그날도 둘이 현관문을 잡고 실랑이를 벌였다. 동생
은 들어오겠다고 하고, 넌 귀신 나오는 정원에 있으라
고 내가 고집을 피우다 문이 휙휙 앞뒤로 젖혀졌는데
동생 손이 문에 끼었다. 동생이 아예 못 들어오게 문을
잠궈버려야지 하며 더 세게 밀었는데 그 공간 안에 동
생 손이 들어간 것이다. 동생이 지른 비명 소리 그리고
철철 흐르는 피. 동생이 미웠고 동생이 다치길 바랐다
고 생각했지만 아니었다. 피가 멈추질 않을까 걱정하

며 엄마가 있을 미용실로 달려갔다. 조금만 늦게 뛰어도 동생이 죽을 것 같았다. 내가 조금만 문을 살살 닫았다면 안 다쳤겠지 자책하며 뛰었다.

다행히 동생 손은 무사했다.

또 다른 어떤 날이 떠올랐다. 성인이 된 동생은 해외에서 살게 되었고 한국에 일이 있을 때에는 우리집에 왔다. 내가 출근할 때엔 동생은 저녁 일정을 마치고 잠에 깊게 곯아떨어져 있었다. 아이들 방에서 자고 있던 동생의 모습을 바라보았다. 왜 그랬는지 모르겠지만 충동적으로 동생 손 위로 내 손을 올렸다. 잠에서 깬 동생이 "갑자기 왜 그래." 할까 봐 머뭇거렸지만 그 순간 꼭 손을 잡고 싶었다. 내 손의 무게가 동생 손에 더해졌지만 동생은 쿨쿨 잠만 잘 잤다.
그날 난 진지하게 동생 손을 잡고 만졌다. 진심으로 동생을 걱정하는 마음으로 손을 잡아본 순간이었다. 그 느낌이 손끝에 남아서 방에서 나와 괜히 눈물이 났던 날이었다. 그렇게 동생 손을 잡았던 날은 그 뒤로 없었다는 생각이 든다. 그날이 마지막이었다.

나이 든 동생 손은 거칠었고 마디가 굵어지고 커서 한 손이 아닌 두 손으로 잡아야 했다.

#4 손 들고 어항 옆에서 벌서기

맨날맨날 너 땜에 손 들고 서 있어. 내가 너 땜에 미쳐 정말. 바로 옆에 서 있는 동생을 발로 찼다. 아빠는 조금 전 거실 불을 꺼버리고 안방에 들어갔다. 계속 싸우는 동생과 나에게 내린 벌은 둘이 손 들고 서 있기다. 언제 아빠가 다시 나올지 모르니 손을 내릴 수 없고 손을 벽에 대고 서 있다가 걸리면 더 오래 들어야 하니 잘 들어야 했다. 어둠 속이지만 어항에서는 불이 밝게 퍼져 나왔다. 아빠에게 혼나서 죄송했던 마음은 사라지고 동생에게 화난 걸 풀었다. 동생 역시 끝까지 나에게 삐딱했다. 우리 둘은 어항에서 뿜어져 나온 빛에 의존해 그렇게 또 싸웠다. 그러다가 팔이 아파오자 둘은 머리를 짜냈다. 잘못했다고 말하자, 어서 말하자. 동생과 난 아픈 팔을 내리고 잠을 자고 싶어 눈물 콧물 쏟으며 한편이 되어 아빠에게 소리쳤다. 우리 안 싸울게요, 절대 안 싸울게요. 다음 날이 되면 다시 싸우겠지만 손을 내리기 위해 잠시 하나 되었던 순간.

우린 진심으로 '누나 동생 사랑'으로 가득했다.

#5 금방 올게

난 얼굴이 까만 아이였다. 여름이면 더 오래 뛰어노는 통에 볕에 그을려 더 까매졌다. 초등학교 4학년까지 살았던 광명아파트 주변은 차도 다니지 않는 놀 만한 공간이 많았다. 아스팔트 도로는 쭉쭉 미리 닦여 있었지만 주변에는 아직 주택들이 들어서지 않아 공터가 아주 많았다. 차들이 다니지 않는 도로 위에서 아이들만 뛰어놀았던 기억이 있다.

그곳에 롤러스케이트를 빌려주는 아저씨가 나타났다. 하루 종일에 300원이었다. 롤러스케이트를 타려고 나가는 길. 친구들하고만 놀고 싶은데 세 살 아래 남동생이 따라붙는다. 같이 놀고 싶어 하는 기색이 역력하지만 난 귀찮을 뿐. 동생의 외침을 못 들은 척 혼자 뛰어나가지만 어차피 어디 있는지 다 아니, 결국 내가 있는 곳으로 찾아온다. 못 본 척 롤러스케이트를 신는다. 아저씨가 가져온 것들은 사이즈가 적혀 있지 않았고 그냥 눈대중으로 한두 개를 신어봐야 한다. 그나마 바퀴 상태가 좋은 게 많지 않으니 어서 찾아야 한다. 난 나름 바쁜데, 저쪽에서 어정쩡 자기 나름대로 사이즈를 찾는 동생이 보인다. '아. 찾는 거 도와주면 또 넘어지지 않게 지켜봐야 하고, 무지 귀찮은데.' 내 속마음이 복잡해질 때쯤 난 이미 출격하듯 준비를 끝냈지만 동생은 끈을 못 매고 넘어졌다 일어섰다 한다. 친구들은 같이 가자고 내 이름을 부르는데, 동생이 끈 묶어달라고 달려오는 통에 잠시 멈출 수밖에 없었다.

"넌 누나처럼 잘 타지 못하니까, 나 따라오려고 하지 말고 여기 근처에서 그냥 놀아. 알았지?" 하고 급한 마음으로 겨우 동생의 끈만 추스려 묶었다. 친구들과 그룹을 지어 떠나가는 내 등 뒤로 동생의 "누나, 같이 가." 소리가 들린다. 하지만 돌아보지 않았다. 돌아보면 내 마음이 약해져 동생에게 가게 되니까, "거기 있어. 오지 말라니까."라고 소리치며 뒤도 안 보고 가버렸다. 빨리 달리면 동생이 쫓아오는 걸 포기할 테니까 난 친구들

속도에 맞춰 더 빨리 달려갔다.

동생은 따라오지 못했다.

거짓말처럼 동생과 함께했던 기억이 하나도 떠오르지 않는 날이 있다. 그런 날에는 환상의 도움이 필요하다. 날 쫓아오려 했던 어릴 적 그 느낌이 자꾸만 날 잡아당겨 어딘가에서 동생이 나를 원하는 것만 같다. 떨쳐버리고만 싶었던 그때랑 정반대로 "누나, 누나 같이 가." 라며 내 뒤에서 소리치던 어릴 적 그 동생이 지금 나를 제발 따라왔으면 싶다.

다시 할 수 있다면, 오락실이나 문방구에서 정신없이 놀고 있는 동생을 집으로 데려가야 할 순간 이전으로 가 함께 놀고 싶다. 동생 옆에 앉아 한 판, 두 판 오락을 하고 싶다. 다시 300원으로 빌릴 수 있는 롤러장이 있다면 동생의 신발 끈을 묶어주고 오래오래 함께 타고 싶다. 뭔가 안 좋은 일이 일어났다는, 모든 믿고 싶지 않은 순간들이 없다면 좋겠다. 보고 싶을 때 보고, 만지고 싶을 때 만지며, 함께 먹고 싶을 때 먹는 시간으로 가득 찬 '우리 세상'이면 좋겠다.

롤러장 음악 소리가 울려 퍼지는 환상 속에 내가 있다. 큰 노래 소리가 날 감싸고 나는 뱅뱅 돈다. 부모님의 관심이 내게만 오길 바라는 어린 내가 돌고 돈다. 그건 질투였다. 미움이었다. 고3때 기숙사 생활을 하다 집에 오면 누나가 오니 우리 형편에 과한 고기가 놓인다고 빈정거렸던 동생을 무시했다. 어쩌면 동생은 공부 잘하는 나에게만 쏠린 부모님의 관심에 질투가 나서 반찬이 아니라 자기 좀 봐달라는 투정을 한 걸지도 몰랐는데……. 너무 늦게 알았다.

그래. 다시 오면 오래 오락하게 해줄게.
다시 와서 오래오래 같이 롤러 타고
네가 좋아하는 고기도 왕창 먹자.

나이 든 내 얼굴이 그렇게나 많이 굳어져 있는지 몰랐다. 다 큰 내가 롤러장에 들어가는 환상이 보인다. 얼굴뿐 아니라 마음까지 펴진다. 동생을 찾아볼까, 같이 놀아볼까 둘러보며 입장한다. 롤러장에 울려 퍼지는 음악 비트에 귀를 기울이며 발을 까닥까닥한다. 주변 아이들 속도에 맞춰 내 속도를 높이니 이마에서도 등에서도 땀이 난다. 나는 동생을 찾고 기다리고 있다. 얼마나 돌 수 있을까? 동생이 올 때까지 몇 바퀴를 돌아야 할까? 음악 소리에 귀를 기울여본다. 속도를 내고 몸을 움직일수록 몽실몽실 돋아나는 땀과 땀이 날수록 더 올리고 싶어지는 그 속도감 속에 내가 있다. 빨라진 속도만이 뱅뱅 그 공간에 머물고 있다.

운명의 겹줄 두 몫의 삶

죽음은 너무나 가깝더라.

오래전이야. 답답하고 더웠던 날, 점심을 먹고 일터로 돌아가며 머릿속에 떠도는 생각 따라 멍한 상태로 걷고 있었어. 신호등을 건너야 했지. 신호등 불이 바뀌었다 생각했어. 발을 내딛고 몸을 앞으로 내미는 순간, 시커 먼 차가 거의 부딪힐 정도로 가깝게 내 앞을 지나갔어. 한 발만 더 빨리 내딛었다면, 몸을 몇 도만 더 기울였어 도 난 모든 게 뭉개졌겠지.

얼마 전 비슷한 경험을 했어. 고등학생인 아들의 공부

를 도와주러 온 사촌동생을 집에 데려다주던 중이었어. 둘이 수다를 막 떨었지. 평소처럼 운전을 할 때였고 그 순간 내가 보지 못한 시커먼 차가 휙 지나갔어. 핸들을 우측으로 조금만 꺾었거나 액셀을 조금만 더 세게 밟았다면 난 모든 게 뭉개졌겠지.

생이 귀하게 여겨지는 결정적 순간이 있어. 생이 그냥 주어지지 않았다는 느낌이 들 때, 함부로 살 수 없겠다는 생각이 들어. 그리고 나의 생을 다시 잘 살고 싶어져.

간 이식을 받은 사람은 죽으면서 간을 준 사람과 시간이란 동아줄로 연결되어 있는 게 아닐까? 그 사람은 두 생명을 가진, 삶의 이유를 두 개 가진 자가 된 거지. 죽은 사람의 간이 내 안에서 자라면 죽은 사람의 시간도 함께 쌓여가. 그래서 그 대상이 없어져도 그 사람의 시간까지 살아내야 할 거야. 나도 그렇게 간 이식을 받은 사람처럼 어느 날 말도 없이 사라진 동생과 연결된 동아줄을 하나 더 갖게 된 것은 아닐까, 그런 생각을 해.

처음엔 다른 사람에게 없는 의무 같은 줄이 내게 생겼

다는 게 원망스러웠어. 줄을 끊어버리지 못하고 가지고 있으면서 날 조이기만 했으니까. 줄은 겹줄이 되어 내 몸을 옥죄어왔어. 줄 때문에 못 살겠다고 말하고 싶었어. 아니면 줄이 내 손과 발을 꽁꽁 묶어버린 상태로 무기력과 권태와 어둠에 날 버려두고 싶었지.

그런데 신호등 앞에서 불행을 피하듯 움직인 한 걸음이 그 순간 날 살렸어. 내가 미처 못 보아서 사고가 날 뻔한 그날 핸들을 잡고 있던 오른쪽 손아귀의 힘이 날 잡아줬어. 난 그런 절명 직전의 순간을 무사히 지나 일상의 평온한 순간으로 진입한 거야. 예측할 수 없었던 그 시간을 내가 죽었다가 다시 산 순간으로 인식하니 날 옥죄던 이중의 줄에서 '틈'을 느낄 수 있었어. 느슨해진 쪽으로 몸을 트니 몸이 돌려지더라. 죽음을 인식하면서 줄과 나 사이의 틈을 발견했고 마냥 날 조이던 줄은 느슨해진 것 같았어. 내가 즐거워하고 주어진 삶을 인정할수록 틈은 더 벌어졌고 줄은 자연스러운 상태로 내 곁에 존재하게 됐지.

아, 그 느낌을 뭐라 해야 할까. 짐처럼 짓누르던 무언가가 가벼워진 느낌. 어떻게 상황은 바뀐 게 없는데 어떻게 울지 않고 웃을 수 있을까 신기했어. 그 차이가 생긴 게 말이야. 그것은 무거운 짐 같았던 또 하나의 줄 덕분에 내가 죽지 않고 살아 있는 것 같다고 생각한 다음부터였지. 내가 느낀 모든 부담과 자책과 미움이 나를 아프게도 했지만 그럴 때마다 난 더 오기를 갖고 분노하며 움직일 수 있었던 거야. 아픔의 이유를 찾으려고 했고 생에 따지면서라도 움직였던 것 같아. 나는 오히려 줄 덕분에 살았던 거야.

원장실 의자 위엔 숄이 하나 있어. 그건 동생이 어떤 오지에 여행 갔다 오면서 선물해준 거야. 두 몫을 살아야 할 나에게 미리 주고 간 선물이 아닐까 해. 힘이 빠질 때 난 숄을 걸쳐. 숄은 내 어깨와 상체를 덮어주며 마음이 긴장되고 불안할 때 날 감싸주지. 보이지 않는 힘을 느끼고 싶을 때도 덮어. 두 겹의 줄을 손으로 약간 벌려 몸 주변을 편하게 감싸주는 줄로 만드는 상상을 해. 그러고는 줄과 나의 위치가 편안해진 걸 숄을 두를 때마다 자주 느껴.

동생이 이 숄을 고를 때에는 이렇게 오랜 기간 누나가 쓸 줄 몰랐겠지. 별 생각없이 받았던 나도 숄을 이렇게 잘 쓰게 될 줄 몰랐어. 세월이 무심히 흘렀어. 사람들은 내 곁을 떠나기도 하고 찾아오기도 했고, 나는 뜨겁게 사랑하고 처참하게 절망하기도 했어. 그래도 변함없이 아침에는 출근해서 숄을 쓰다듬고 걸쳐보고 저녁에 퇴근할 때 다시 얌전히 개어두었지.

일하는 내가 존재하는 한, 간 이식을 받은 사람처럼 죽을 때까지 타인이 준 생명과 함께 사는 한, 동생을 기다리는 한, 나는 두 몫의 삶을 살아야 할 거야. 이젠 그것이 무거워진 짐으로 느껴지지 않아, 괜찮아. 내게 두 겹의 줄은 고마움이 되었거든. 나, 그 동아줄 버리지 않을 거야. 누군가 내게 그 무거운 것을 빨리 버리라고 말해도 내 몸을 감싼 채 지닐 거야. 마치 내 일터 의자 위에 숄이 그대로 있는 것처럼.

기다리기를 잘하는 사람이 어디 있겠니. 끝을 모르고 기다려야 하는 시간은 너무 막막하지. 다른 사람이 모르는 무거운 운명의 겹줄로 힘들었다면 이젠 좀 가볍게 그 줄을 대해보려 해. 내게 주어진 시간을 차곡차곡 접어가며 정성껏 살아보려고. 가끔은 그 운명의 겹줄을 잡고 봉춤 추는 여자처럼 춤을 출지도 몰라. 인생을 살면서 춤은 점점 복잡한 아크로바틱 춤처럼 되겠다. 이중의 줄에 무너질 줄 알았는데 춤추는 삶이 될 수도 있다는 걸 이제 조금 알겠어. 동생과 더 많은 걸 나눌 수 없어 안타까워. 그래도 이제 아픔의 이유가 부끄럽지 않아. 무겁지가 않고 귀하게 느껴져서 참 다행이라 생각해. 사람의 존재 자체가 고맙듯이 내게 있었고 앞으로도 있을 운명 같은 인생 겹줄에 고마워. 정말 고마워.

아빠에게 보내는 음악

사람들이 기억하는 유명한 음악 뒤에는 그 음악이 창조되기까지 영향을 끼친 사람들이 있었다.

집시 음악도 그렇다. 집시 음악에 관심이 많고 좋아한다. 집시 음악을 들을 때마다 짧은 음악 속에서 얼마나 큰 감정의 낙차를 경험하는지……. 집시들의 화려한 연주곡 중 우리가 잘 아는 사라사테의 〈치고이너바이젠〉은 차르다시라는 헝가리 민속 무용곡의 형식을 담고 있다. 멜랑콜리하고 슬픈 라수Lassú가 먼저 주선율처럼 앞서가고 그다음 프리스Friss란 부분이 화려하고 빠르게 뒤따른다.

강렬한 음악을 들을 때마다 난 브람스가 〈헝가리 무곡〉을 작곡할 때 집시 선율을 자문했다는 야노스 비하리Janos Bihari와 그의 7대손인 로비 라카토시Roby Lakatos를 떠올린다. 비하리는 전설적인 집시 바이올리니스트였고 그의 연주 기법은 집안 대대로 이어져왔다. 후손인 라카토시 역시 그러한 전통을 이어받아 오늘날 집시 바이올린의 제왕으로까지 불리며 활동하고 있다.

어느 날 연주회에서 〈헝가리 무곡 4번〉을 들었다. 가슴이 무너지는 듯한 슬픔과 환한 기쁨이 교차되는 음악이 연주되는 몇 분 동안 아빠랑 잠시 나눈 이야기가 스쳐가서 눈물이 났다. 음악이 3분쯤 넘어가는데 통곡하고 싶었다. 아빠를 위해 그냥 울고 싶어져서 공연장을 벗어나 맘껏 울어도 되는 통곡의 벽이란 곳에 내가 있었으면 했다.

얼굴 왼쪽에서 땀방울이 똑 떨어지듯 눈물방울 하나가 떨어졌다. 아빠를 위해 내 몸이 보이는 마음의 연주 같았다. 아빠의 굴곡진 인생에 대한 오마주 같은 내 눈물이었다. 공연장에서 그 곡을 들으며 눈물이 났던 것은 음악이 가진 애절함뿐만 아니라 음악과 함께 내 머릿속을 스쳐가는 아빠에게 들은 이야기 때문이었다.

"아빠, 그런 이야기를 여태 왜 안 하셨어요?"
"아무도 내게 묻는 사람이 없어서 못 했지."

나도 그랬다. 아빠가 이루지 못한 꿈이었던 치과의사
가 되기 위해 십 대부터 공부에 매진했지만 아빠의 가
난하고 못 배운 사연에 대해 묻지 않았다. 물으면 아빠
가 창피할 거라고 생각했을까?

아빠는 부모 없이 '귀일원'이라는 사회복지원에서 단체
생활을 하며 자랐다. 공부할 기회를 갖지 못하고 청년
이 된 아빠가 우연히 배우기 시작한 분야가 치과 쪽 일
이었다. 아빠는 무급이었다가 유급 직원이 되자 퇴근
후 재료를 사다가 혼자 연구를 했다. 점점 시간이 지나
면서 치과 기공 일에 실력이 생겼다. 지식과 활자를 통
해 배우지는 못했지만 손과 눈을 통한 아빠만의 감각으
로 기술이 생겼고 자격증을 얻기 위해 소개를 받았다.
부모와 형제조차 지켜주지 못한 자기를 지키고 소개할
수 있는 기술이 아빠에게 처음으로 생겼던 것이다. "쟤,

정말 잘 만든대. 쟤가 만든 치과 기공물을 끼우면 사람들이 아주 편하다고 한다네. 쟤만 만들 줄 아는 뭔가가 있어."라고 사람들은 인정했지만 아빠가 속한 병원에서는 같은 일을 하는 사람들 월급의 1/3을 주었다고 했다. (그 당시 아빠 월급은 삼천 원. 아빠 생각에는 아빠보다 실력이 없는 사람들도 만 원이 넘었다고 했다.)

아빠는 월급을 쪼개 기차표를 끊어 주말마다 부산으로 다녔다. 사람들은 아빠의 기술을 인정했고 아빠는 배울 기회를 얻지 못한 사람들을 위한 과정에 영향력을 가진 부산 병원으로 소개를 받아 찾아갔다. 20대의 젊은 청년이었던 아빠는 당당하게 자기 기술에 대해 말할 수 있는 조건을 얻기 위해 움직인 것이었다. 웬만한 사람보다 훨씬 잘하는 자기를 인정해줄 뭔가가 절실했을 우리 아빠……. 그러나 그렇게 바라고 움직였던 시간은 그 과정 자체가 없어져버리는 바람에 모든 게 무용지물이 되고 말았다.

그래도 아빠는 낙심하지 않고 일을 계속했다. 밖에서도 집에서도 일을 놓지 않았다. 집에서 일하는 공간은 거실과 부엌 공간과 섞여 있어서 자연스럽게 치과에서 쓰는 모든 재료 냄새가 우리집에 스며 있었다. 아빠는 한껏 농담하면서 사람들에게 뭔가 끼워주고 늘 바쁘게 일하며 사람들을 웃게 만들었다. 그러던 어느 날 치과 협회의 신고로 아빠가 붙잡혀갔던 일이 있었다. 그 후 내가 실수로 말을 잘못하면 아빠가 다시 붙잡혀 갈 수 있다는 알 수 없는 두려움이 생겼던 것 같다. 아빠의 비밀은 그렇게 내 비밀이 되었다.

"아빠. 그때 잡혀가서 안 무서웠어요?"
"남들은 다들 주눅 들고 되도록 반성을 많이 하는 것처럼 있었는데, 난 내 할 말을 했지. 나는 만들어둔 기공물과 치과 모형을 가져갔어. 그것들을 줄줄이 보여주며 말했지. 배운 게 이게 전부다. 난 기술밖에 배운 죄가 없다. 내가 할 줄 아는 이 기술로 먹고살았다. 법적으로 문제가 있을지 모르겠지만, 그건 잘못했다. 그런데 봐라. 이게 내가 만든 것들이다. 이게 사람들을 해쳤겠는가. 난 배운 것을 했을 뿐이다. 치아가 없는 사람들에게 새 치아를 깎아서 넣어줬다. 그걸로 사람들을 아프게 한 게 아니다. 내게서 빼앗아간 내 물건들을 다시 돌려주라. 오랜 시간 나와 함께 일했던 것들이다."

법을 어기긴 했지만 나쁜 일을 하지 않았다고 당당하게 말했던 우리 아빠! 판사와 경찰들도 이런 아빠를 선처해주었을 정도였다.

아빠가 인생에서 느낀 성취감은 자기 손으로 만든 기공물을 누군가에게 끼워주며 같이 웃었을 때 얻었을 것 같다. 그 일을 계속하고 싶고 정당하게 칭찬과 인정을 받고 싶었지만 찾을 길이 없었던 아빠는 내가 대입 재수를 할 때쯤 완전히 그 세계를 떠났다. 자신이 가진 실력을 발휘할 때 기뻤던 세계를 뒤로하고 엄마를 돕는 노동을 선택했다. 아마도 내가 치대를 들어가면 내게 걸림돌이나 부끄러움이 될까 봐 그러지 않았을까 생각된다. 아빠 스스로는 당당한 부분이지만 치과의사가 될 딸의 세계에서는 절대 자랑이 되지 않을 테니까.

"아빠 내가 치과의사가 되는 과정 중, 언제 가장 기뻤어? 아빠가 날 지켜보며 가장 기뻤던 순간은 언제야?" 내 물음에 아빠는 이렇게 답했다. "네가 잘하는 거 다 좋았지. 그래도 네가 입학할 때, 그리고 졸업할 때였어. 드디어 내 딸이 졸업해서 의사가 되는구나 할 때."

아빠는 돈도 자격증도 없었다. 공부를 시켜주는 부모도 후원해주는 형제도 없이 다만 기술을 얻었다. 시간과 돈을 투자해 일을 배웠지만 의사로서 살 수 있는 삶은 불가능했다. 자신에게 불가능했던 그 자리place를 딸이 차지하고 이뤘을 때 아빠는 기뻤던 것이다.

치과의사란 자리는 아빠와 내겐 각자 다른 이유로 포기할 수 없었다. 2002년 졸업 후 병원 경영이 어려워도 유지하고 있었던 이유는 그 자리의 의미가 얼마나 소중한지를 잘 알기 때문이다. 아빠가 원했던 그 플레이스place, 사회적 자리는 내가 싫다고, 힘들다고 징징대며 떠날 순 없었다. "딸은 뭐 한가?"라고 누가 물으면 우리 아빠는 당당하게 "우리 딸 치과의사야. 실력 있어."라고 말하겠지.

대학 실습 시간에 교정 모형 장치를 제작하고 와이어를 구부리는 숙제가 있었다. 나는 늘 늦게 배웠고 더디게 알아가는 사람이라서 잘하지 못했다. 자존심은 있어서 끙끙대며 잘 만들어보려고 새벽까지 했지만 잘 안 돼서 속상한 마음에 모형과 와이어를 몽땅 던져두고 잠이 들었다. 화내고 잘 안 될 때 투덜댄 소리가 방 밖까지 흘러 나갔나보다. 아침에 일어나니 점수 C가 될 뻔한 숙제 와이어가 A를 받을 만큼 예쁘게 완성되어 있었다. 내 자존심이 상할까 봐 도와주겠다는 말은 못 하고 쿨쿨 잠든 사이에 천사 손길처럼 이쁘게 와이어를 접어둔 아빠.

내가 속한 세계에서는 자기 자리를 확보하지 못하고 생계를 위해 일했던 이런 수많은 사람들을 언급하지 않는다. 아빠가 판사 앞에서 당당히 자신을 변호했던 그 이야기를 들으며 난 부끄러웠다. 아빠의 시간에 대해 나도 세상 사람들처럼 부끄럽게만 생각해서 비밀로 묻어버리려고 했으며 치과의사로서의 삶이 힘들 때면 나를 이 세계로 초대한 아빠를 원망했기 때문이다.

판사 앞에서 "내가 지니고 보여줄 수 있는 이 기술이 내 일이야."라고 말했던 아빠를, 속상했던 그 순간들을 이야기하며 눈시울이 붉어지던 아빠를 기억해두고 싶다. 그것은 당당한 비밀을 가진 자가 할 수 있는 자기 변호였다. 가족을 먹여 살릴 수 있던 기술을 가졌지만 자랑하지 못하고 그만둬야 했던 아빠의 일이었다. 안타깝지만 소중했던 일이었다.

나는 아빠의 그 일을 물려받은 딸이다. 아빠의 기술을 다 닮진 못했지만 아빠가 유머 있고 편하게 사람들을 대하는 것은 닮았다. 나는 당당한 비밀을 가진 아빠의 딸이다. 아빠가 아니었다면 이 길로 들어서지 않았을 텐데가 아니라, 아빠가 있었기 때문에 이 길을 걸을 수 있었던 것임을 이제 알 것 같다.

아빠, 모든 것에 감사해요. 제가 조금 철들었나 봐요.

내 사랑 그녀 곁에

똑똑.

원장실 문을 두드린 A. 달달한 커피가 담긴 종이컵을
보는 순간, 모든 걸 느낀 나. 예상한 대로였다. 그녀는
간호사 일을 그만두기로 결심을 한 것이었다. 밖에는
비가 오고 있었다. 환자가 없어서 우리 둘은 길게 이야
기를 나눌 수 있었다. 다른 치과로 옮기려는 것은 아니
었다. 그녀는 생의 전환점이 필요했다. 너무나 다 알 것
같은 그녀 마음. 잡고 싶지만 잡을 방도가 하나도 없는
나. 치과 간호사로서는 채울 수 없는 그녀의 마음속 구
멍은 잠시 쉬면서 채워야 하는 공간일지도 모른다. A

를 이제 떠나보내야 한다.

직원이 내 곁에 오래 있어주길 바라지만, 기대만큼 되지 않는다. 어떤 사람을 알고 지낸 시간이 짧든 길든 서로에게 충분히 최선을 다했다면 그 시간이 종결되더라도 아쉬움이 없다는 생각을 하던 중이었다. 1년을 알고 지내다가 연락이 끊겨도 그 1년이 10년을 같이 지낸 것 같은 사람이 있다. 특별한 인연이라서 그렇다. 그런 인연은 시간 약속을 하지 않고 온다. 귀인은 특별한 사람이지만 아쉽게도 그냥 떠나보내야 할 때가 있다. 날 살렸던 말과 함께했던 시간을 남기고서 관계는 종결된다. "언제까지나, 영원히 곁에 있을게."란 말은 그 자체가 이뤄질 수 없는 약속이고 환상 같다. 이런 약속은 그 말이 입 밖으로 발화되어 약속하는 순간에 완성되는지도 모른다. 결과는 묻지 말아야 할, 순간으로만 완전하게 완성되는 말 같다.

가장 아팠고 어려웠던 시기에 날 도와주러 왔던 A와는 5년을 함께 일했다. 직원이 되기 전부터 그녀는 내 지인으로 송파동에서 나와 가장 오래 일했던 실장인 P

의 친구이기도 했다. 나와 친한 선생님 병원에서 근무했던 그녀는 친구 P를 보러 예전 내 병원에 자주 왔었다. 지금은 두 아이의 엄마지만 난 그녀의 결혼 전 모습을 기억한다.

그날은 더욱 잊을 수가 없다. A의 첫 출근 날, 일을 하는데 갑자기 손이 떨려 당황스러웠다. 그 순간에 그녀가 자기 손을 내 손 위에 올리며 떨리는 내 손을 잡아주었다. 덕분에 힘든 티를 하나도 내지 않고 교합 조정을 잘 마칠 수 있었다.
직원이 갑자기 나오지 않아 일손이 부족한데 몸까지 아파 초조해하던 내게 그녀가 있어 얼마나 든든했던지, 눈물 흘리던 내게 얼마나 힘이 되었는지 모른다. 그 후 많은 시간이 흘렀다. 우리에게 주어진 시간이 언제까지인지 몰랐지만 언젠가 그 끝이 온다면 그녀는 '잠시 도와주러 왔던' 사람이라 잡을 수 없음을 알고 있었다. 무조건 고마웠다고, 내 곁에 오래 있어줘서 너무 고마웠다고 말할 생각이었는데, 그날이 예상보다 빨리 왔다.

직원들은 매년 고민을 할 것이다. 계속 일할 것인가 그만둘 것인가. 그런 고민을 원장인 나는 의식하지 않고 지나간다. 직원은 내 편이니 언제까지나 있을 거라고 믿고 싶기 때문이다. A는 아이들 양육 때문에 시간 조절을 해야 했고 갑자기 갑상선 저하증이 왔을 때도 그만둔다고 말하지 못했다. 몇 번이나 "저 그만두고 싶어요." 라고 말하고 싶었을 텐데, 참아주며 지금까지 왔다.

A와 오랜 친구이자 나와는 8년 넘게 일했던 P가 생각났다. 그녀는 내가 아이 둘을 낳고 기를 당시 함께 일했다. 내가 출산하고 병원을 두 달 비웠을 때 P는 나 대신 자리를 지켜주었다. 밑에 직원이 계속 바뀌어도 늘 묵묵히 자기 자리를 떠나지 않고 일을 잘할 수 있는 분위기를 만들었다. 함께 일하며 마음을 모아주는 P에게 의지하며 나는 매일을 버텼다. 8년이란 시간을 보내는 동안 나도 그녀도 바뀌어갔다.

P가 치료를 위해 찾아왔다. 나와 일할 때 배 속에 있던 아이가 초등학생이 되어 함께 왔다. 치아가 깨졌다고 하는 P의 입안을 들여다보았다. 우측 아래 첫 번째 어

금니 옆의 치질이 깨진 상태였다. 당연히 신경 치료를 할 생각으로 온 그녀에게 예전 보철인 금을 뜯고 설명했다. "아직 시림이 없고, 치아가 죽은 증상이 아니니까 일부러 신경 치료까지 할 필요는 없어. 신경 치료하지 말고 인레이로 가자."라고.

서로를 너무 잘 아는 우리는 치료 과정 내내 웃음이 끊이지 않았다. 오래 알아온 관계라서 말귀를 딱딱 알아듣는 사이가 된 걸까. 마취하고 제거하고 본을 뜨는 모든 과정을 어쩌면 그렇게 웃으면서 할 수 있을까. 오랜 시간 손발을 맞춰가며 환자를 봐왔던 협동자라서 그녀가 환자로 왔어도 금방 통했다. 모든 게 잘 맞는다. 게다가 친구 A까지 옆에서 돕고 있어서 마음이 편해서인지 그녀가 계속 웃었다.

8년이나 내 곁에서 내 일이 존속될 수 있도록 도와준 P는 아이와 함께 날 찾아왔고, 난 그녀를 좋아하는 만큼 치료해줄 기회가 한 번 더 생겨 기뻤다. 인생의 어느 시기에 가족보다 나를 더 많이 도와준 그녀는 세월을 버티며 같이 길을 닦고 만들어갔던 내 병원 '옆지기

company'였다.

A가 그만두겠다고 말한 날, P가 그만둔다고 했던 날이 떠올랐다. A와 P가 그만두는 이유는 다르지만 그들을 떠나보내기 싫고 더 오래 같이 일하고 싶은 내 마음은 같았다. 환자를 구하고 일을 하는 것보다 더 어려운 것이 그만두려는 직원을 잘 보내고 새 직원을 찾는 것이다. 늘 어렵고 잘 못하는 것 같다. 좋게 떠나간 직원도 있고 서로 마음 아프게 했던 경우도 있었다. 떠나간 그들을 생각하는 내 마음엔 그래도 늘 고마움이 먼저다. 나랑 일해줬던 것이 고맙고 내가 더 신경 쓰지 못했던 게 미안하다. 그들에게 더 자주 웃고 말했어야 했다. 그들이 내게 정말 소중하다는 걸.

직원들이 그만두는 이유는 너무나 다양하다. 결혼, 아이 계획, 출산, 몸이 아파서, 여행을 가고 싶어서, 부모님을 돌봐야 해서. 5년 넘게 함께했던 A의 퇴사 이유는 여기에 해당되지 않는다. 자기 길, 새로운 일을 찾아가는 거였다. 그녀를 오랜 시간 봐왔던 난 그녀가 도전하고 배워 자기 사업을 하고 싶어 하는 마음을 이해할 수 있다. 지금까지 일하며 쌓아왔던 모든 정성이 우리 둘 사이에 있으니 그것 자체로 충분하다.

A와 함께 지낸 시간 동안 그녀는 내 호위 무사 같았다. 그녀가 날 위해 해주는 모든 것이 좋았다. "휘휘~~ 휘휘~~ 물렀거라! 모두 물러나거라." "휘휘~~ 원장님, 제가 할게요." 하면서 내 앞으로 먼저 나와줬던 그녀였다. 항상 나를 커버해줬던 그녀를 이제는 내가 응원한다. 나중에 어떤 곳에 사업장을 차리더라도 그녀의 공간에 가서 손님이 되어줄 것이다. 그녀가 꿈꾸는 것이 잘 이뤄지길, 번창하여 행복하길. 무엇보다 행운이 가득하면 좋겠다. 그녀 주변에도 그녀를 도와주는 사람이 넘치길. 그리고 나야말로 끝까지 그녀 곁에서 도와주는 사람으로 남고 싶다.

진정 눈부신 날

겨울에도 햇살과 바람이 동시에 뜨겁게 존재하는 날이 있다.

진정 눈부신 날이다. 빛이 환하게 쏟아질 때면 평상시하지 않던 기도를 하고 싶다. 해님이 내게 "너도 거기있지? 잘 사니?"라고 물으며 자기 살을 조금 나눠주는기분이 든다. 햇살 쬐는 볼이 따뜻하다. 언제 다시 이행복한 햇살을 쬘지 몰라 나뭇가지를 통과해 떨어지는평온에 나를 잠시 맡겨본다.

행복하다는 느낌이 든다. 무얼 하고 싶지도 않고 무얼

기대하지도 않는다. 마음은 계속 낮아진다. 겸손일까, 포기일까, 내려놓음일까. 마음결 따라 기도 같은 혼잣말들이 술렁댄다. 내 고백이지만 너무 빨리 나타났다 사라져 언어의 형태가 없다. 기도한 거야, 안 한 거야. 밑바닥에서 나오는 웅얼거림이 내가 하는 기도다. 세세한 기도 내용들은 기억할 수 없게 빨리 지나가고 기도를 올리는 순간 자체가 황홀하다. 뭉쳐 있던 것들이 이렇게 터져 나오다니. 이런 말을 하고 있다니. 볕을 쬘 만큼 쬐어야 나오는 힘든 고백들이다.

자주 있는 일은 아니다. 기도하려고 노력하지 않으며 살았다. 내 평생 할 수 있었던 기도 총량은 어느 날 사라진 동생을 찾기 위해 마음을 모을 때 다 써버렸다. 생명을 지켜달라며 기도했던 내겐 생계를 지켜달라는 기도는 나오지 않았다. 돈을 모으고 더 잘살게 해달라는 기도도 절대 나오지 않았다. 기도하고 바라는 것들이 이기적으로 느껴져서 기도란 형태로 하늘에 바랄 수가 없었다.

햇살이 너무나 따뜻했던 그날, 벤치에서 발을 바닥에 툭 툭 치며 앉아 있었다. 무겁기만 한 내 머리를 하늘을 향해 가벼이 들고서는 순식간에 내 눈앞까지 내려와버릴 것 같은, 흔들거리는 나뭇가지의 수를 세어보았다. 잎사귀의 잎맥까지 자세히 바라보았다. 처음엔 숫자를 셌고 그다음엔 기도를 했다. 난 그 순간에 충분히 머물렀다. 벤치 옆 미끄럼틀이 보였다. 아이들이 어렸을 적 수십 번씩 반복해 미끄럼틀 통 안으로 들어갔다 나왔다 하는 걸 지켜보며 밀어주고 당겨주었던 시간은 없어졌다. 그때 아이들 옆에서 난 정신없는 몰골로 기도하며 삶을 지키고 있었던가? 부족한 내 힘이 아니라 기도로 아이들을 지켜주고 싶었는데. 이젠 햇살이 내 볼과 마음을 따뜻하게 쬐어주어야 기도를 할 수 있다. 내가 바란 것은 정말 크지 않았던 것 같은데. 얼마나 이루어졌을까.

그렇게 기도하지 않는 듯 웅얼거리는 기도를 하며 산다.

그리고 매일 상상 속 어디론가로 떠나며 산다.

나는 여기에 살고 몸은 이곳에 있지만 '저기'로 가고 싶거나 어떤 다른 인생 시간대를 경험하고 싶을 때 내 분신을 보내는 상상을 한다. 나는 여기서 일하지만 저기 이탈리아 골목 어디쯤에 있는 찻집에서 차를 마시는 나를 생각하고, 아침 출근길 차창 밖으로 오토바이가 보이면 내 분신을 올라타게 해 비다가 보이는 제일 높은 동네로 향하는 상상에 빠진다. 자주 그러고 있다. 내 그림자를 떼어낼 수 없어서 나와 같은 감정과 생각을 지닌 내 분신을 형상화해 떠나보내며 출근한다. 분신에게 "어서, 잘 갔다 와. 내 대신."이라 말한다. 떠났던 분신이 돌아와서 채집해온 모든 경험을 내게 쏟아주면 좋겠다. 발 없이 날아다니고, 마음 없이 상처받지 않으며, 모든 의무에서 벗어나 맘껏 다녔으니 좋은 것들만 담아오겠지.

아침에 출근해서 컴퓨터를 켜고 커피를 마실 때쯤 분신은 내가 원하는 곳을 딱 맞게 찾아내 누리며 돌아다닐 거야. 내가 환자를 기다리다, 책을 읽다 엎드려 잠시 눈을 붙일 때도 분신은 더 넓고 다양한 장소를 찾아다니고 있겠지. 점심시간이 되어 도시락을 꺼내는 나는 텔레파시를 보내며 대화를 시도해 본다.

"어디니? 좋아? 자유롭니? 혹시 나중에 나도 가게 되면 기억할 수 있게 잘 생각하면서 다녀줘."

분신은 답이 없지만 바쁜 하루 시간 중 어떻게든 틈을 내 상상 속 분신이 하고 있는 여행을 따라가려고 궁리한다. '오다가 길 잃지 말고 두 손 가득 세상 이야기를 담아 돌아오길. 나중에 그 코스 그대로 내가 갈 테니까.'

그런 상상을 하던 어느 날 의외의 모습을 한 분신을 보았다. 내 분신은 늙고 지쳐 보였다. 배가 고파 한 식당에 들어가는데 돈도 없어 보였다. 한 끼 식사와 막걸리 하나를 시켜 먹는 모습을 보니 갑자기 왜 저렇게 늙고 외로워 보이는지. 분신인 내가 중얼거린다. 배가 너무 고파서 무조건 들어오긴 했는데 밥값 낼 돈이 없어. 식당에서 매를 맞으며 쫓겨날까, 경찰서에 신고될까. 어떤 수모를 겪을까. 어쩌다가 밥 한 끼 사 먹을 돈이 없게 되었지. 그래도 이 국이랑 밥은 맛있네. 어쩌다가 내가 만 사천 원이 없는 삶이 된 거야.

내 분신이 중얼거리고 있었다. 상상 속이었지만 한탄

인지 기도인지 모를 그 소리를 들으며 현실의 나는 눈물이 났다. 어쩌자고 저런 모습으로 있는가. 나는 다시 상상한다. 초라하고 엉망인 내 분신 옆테이블에 현실의 내가 있다. 그리고 분신이 밥을 다 먹고 배가 찰 때까지 기다렸다. 그녀가 웅얼웅얼 중얼거리는 기도 소리 같은 한탄도 다 들었지만 모르는 척 계산대로 갔다.

"저분 밥값 제가 낼게요."란 말에 점원이 "아시는 분이에요?" "네. 저 사람이 저예요."라고 말하고 싶었지만 "아니요, 몰라요. 한 끼 정도는 제가 사드릴 수 있어서요."라고 답했다.

내 인생 끝자락의 모습을 지금의 나는 알 수 없다. 사람들이 힘들 때 버티라고 조언하는 것은 말년엔, 인생 끝자락에는 다 좋아질 거라고 기대하기 때문이다. 다 때가 되면 좋아진다고. 몸 아프지 않고 밥 한 끼 정도 사먹을 수 있고, 읽을 책과 들을 노래와 춤출 수 있는 생명력만 있으면 노년에 바랄 게 없겠다며 현실을 버티는데. 잠깐 상상해 본 내 말년 같은 분신의 모습은 지치고밥 한 끼 사 먹을 능력이 없었다. 속박을 떠나 자유롭게 떠돌던 내 분신은 혼자였다. 현재의 내가 가서 챙겨야할 정도로 외로운 존재가 되다니! 그렇게 존재하고 싶었던 건 아닌데…….

내 인생에 행운이 찾아올 거야, 내 운명도 서서히 좋아지고 있어. 이렇게 막연한 미래를 꿈꾸었던 건 아닐까. 희망 고문처럼 버티다보면 좋아질 거라 생각했지만 내 분신이 배곯으며 힘없이 앉아 있는 모습을 보니 기도하고 상상하는 모습을 바꾸고 싶었다. 막연히 이뤄질 거라 여긴 미래에 대한 기대를 버리기로 했다. 해결해줄 완벽한 사람과 함께 존재하고 모든 상황이 해결되는 순간을 꿈꾸지 않기로 했다. 어떤 상황에서도 나를 챙기며 살겠다고, 스스로를 챙기지 못하는 순간에 놓인 사람들의 밥을 사주며 주어진 현실에서 이겨낼 방법을 찾겠다고 다짐한다.

배고플 때 구걸하거나 막연히 밥값이 해결될 거라 기대하는 것이 아니라 평상시에 누군가에게 밥을 많이 사주는 삶을 살았기 때문에 하늘에 당당히 내 밥 기도를 하고 싶다. "저기, 오늘 이 밥값 치를 돈이 호주머니에 없지만요, 기억하시죠? 저번에 제가 아무개에게 샀던 밥이요. 이거 치러주세요. 저 우선 먹을게요. 하늘에서 알아서 계산을 좀. "

5월의 오후 조용한 놀이터에서 오랜만에 했던 현실적인 기도를 하늘에서 꼭 기억해주면 좋겠다. 이루어지지 않아도 괜찮다. 앞으로 상황이 더 힘들어져도 기도는 가끔 할 테고 사람들 밥도 잘 사주면서 살 테니. 미래의 내가 잘 버티지 못해 밥도 못 사 먹는 상황에 놓이더라도 누군가 와서 밥을 사주는 상황으로 해결되고 부디 배부르게 살길. 나도, 너도, 내 분신까지도 부디 배고프지 않길.

기도하고 떠나는 삶, 떠난 곳에서 기도하는 삶을 꿈꾼다. 여기에 살기 위해서 기도하고 저곳에서 무언가를 찾기 위해 움직이는 삶이 될 것이다. 사람들이 말하는 버티는 지점을 내 인생에서 만들기 위해 두 행위에 머물며 생각한다. 더 많이 기도하고 더 자주 떠났다면 좋았을 거란 후회가 아니라 지금 바로 기도하고 일상 속으로, 상상 속으로 떠날 것이다. 현재의 나를 지키고 상상 속의 내 분신을 지키기 위해. 그리고 나처럼 비슷한 모습으로 기도하고 떠나는 당신을 위해. 시간대는 다르더라도 서로가 밥 한 끼 사주고 떠먹여주며 함께 먹는 삶은 어렵지도 멀지도 않은 것 같다.

깨뜨릴 줄 아는 사람

연금을 깨면 받을 수 있는 금액에 빨간 동그라미를 쳐두었다.

연금을 깨야 할까? 금액은 6천만 원. 코로나 시기에 기업 경영 대출을 더 받기도 했지만 이자가 4프로대에서 거의 7~8프로로 올랐다. 한 달에 2백만 원 정도가 마이너스될 경우 30개월이면 빚이 6천만 원이다. 연금은 퇴직금처럼 든든하게 가지고 있던 돈이었다. 은퇴 후에 아무것에도 얽매이지 않는 시간이 온다면 세상 여러 곳으로 날 인도해줄 여비였고, 어딘가에 정착해 몇 년 아니 몇 달 정도 살아볼 때 쓰려고 둔 생활 자금이었다.

병원 운영에 보태야지 하면서도 깨지 못하고 차일피일 미루고 있던 연금을 2023년 초에 해약하러 갔다. 그 돈을 경영비 쪽으로 돌려볼까 해서 상담을 받는데 상담사가 물었다. "암 보험 상품이 있는 건 아시죠?" "네? 암 보험요? 그런 거 든 적이 없는데요." 그제야 엄마가 날 위해 1997년에 암 보험을 가입해두었다는 걸 알게 되었다.

상담사가 보험 약관을 챙겨줘서 읽어보았다. 엄마가 매달 낸 금액이 그 당시 3만5천원으로 많지는 않았지만 십 년 동안 유지되고 있는 상태였다. 내가 입원을 하거나 간이나 특정 암에 걸리면 1천만 원에서 3천만 원까지 보장을 받게 된다. 또 암 진단이 확정되면 3천만 원, 암 수술을 받으면 1천5백만 원을 받는다.

약관을 읽는데 왜 이렇게 감사하는 마음이 들까. 내가 아플 수 있다고 엄마는 생각했던 걸까. 엄마는 내 60대, 70대, 80대가 걱정되었을까. 약관을 보니 엄마는 특별히 '간 질환 입원 특약'을 포함해서 선택했다. 아마도 그즈음 큰아빠가 간암으로 돌아가셨고 내가 대학 때 매일 매일 술을 마시고 다녀서 술병이 걱정됐던 것 같다. 웃음이 났다.

내가 치과의사가 되고 의사 면허증이 나오자 엄마와 아빠는 그것을 담보로 대출을 받았다. 그 당시 집안 형편이 어려웠기 때문이다. 내가 갚아야 하는 것은 아니었지만 내 이름으로 받은 대출 때문에 경영이 어려울 때도 내가 대출 받을 액수가 제한돼 속상했는데……. 엄마가 일찍부터 나를 위해 준비해둔 것을 중년이 되어 받게 되니 날 지탱해줄 뭔가가 생긴 것 같았다.

오래 간직하고 싶던 큰 것을 잃었지만 숨어 있던 증서 하나를 얻었다. 보석함에 보석을 담는 삶을 살고 싶었지만 모인 보석이 없어서 필요 없어진 보석함을 팔러 갔다가 날 기쁘게 하는 조약돌 하나를 주워 든 기분이다. 숨어 있던 사랑이 불쑥 튀어나와 이렇게 부족한 나의 마음을 녹인다.

지금의 내가 있기까지 얼마나 많은 눈물과 정성과 사랑이 필요했을까. '내 딸이 잘되게 해주세요, 모든 게 평탄케 해주세요.'라고 엄마는 얼마나 기도했을까. 똑똑

한 척하는 난 바보다. 지금껏 날 만들어온 걸 기억도 못 하니. 내가 미처 기억하지 못하는 내가 받았던 사랑. 모두에게 고마운 마음이다. 읽다 보니 그 어떤 책보다 보험 약관이 재밌었다. 보험 약관을 이렇게 꼼꼼하게 감동을 받으며 읽을 수 있다니. 이 암 보험은 절대 깨지 않고 평생 간직하고 가야지.

엄마, 고마워요. 원망했던 순간이 부끄러워요.

이제 내 퇴직금은 없다. 그야말로 꼬불쳐둔 뭉칫돈이 없다. 그렇지만 더 소중한 걸 위해서 덜 소중한 걸 깨뜨릴 줄 아는 사람이 되었다. 처음이 어렵지 그다음 깨는 건 어렵지 않을 것이다. 다만 정말 깨뜨려야 할 걸 깨는 사람이 되고 싶다.

새로운 출발

카자흐스탄 알마티 공항에서 비행기가 출발했다.

인천 공항까지는 6시간 이상 걸릴 거리. 모든 비용을 부담하는 자발적 의료 봉사를 하고 한국으로 돌아오는 비행기에서 내 가슴은 진정이 되지 않고 마구 뛰고 있었다. 두근거리는 마음을 표현하고 싶어서 심장이 미칠 듯 터져버릴 것만 같았다. 떠나기 전과 지금의 나는 너무 다른 사람이 되어 있었다. 치료가 필요한 사람을 도우려고 갔는데 내가 치료를 받고 온 것 같았다.

의료 봉사팀이 꾸려졌는데 그곳에서 진료를 받고자 하

는 사람에 비해 치과의사가 턱없이 부족했다. 봉사를 가면 두 몫 이상을 해내리라 다짐했는데 기계가 계속 무리하게 돌아가면 망가진다는 말을 듣고 일을 하고 싶어도 못 하는 사태가 벌어지면 어쩌나 걱정이 됐다. 갑자기 집에 있는 포터블 엔진이 생각났다. 큰 도움이 될 것 같았다.

"아빠. 그거 가져가서 써도 돼요? 가져가면 도움이 많이 될 것 같아서요."
"가져가라. 나름 잘 작동되던 거라 분명 도움이 될 거야."
집에 있던 의료 장비를 챙겼다. 그 당시 페이 닥터였던 나는 2주 넘게 시간을 내야 했지만 그 모든 것을 유급으로 허락해준 원장님 덕분에 기쁘게 떠날 수 있었다. 일할 수 있는 특별한 시간이 날 기다리며 준비되어 있었다.

수많은 사람들이 우리 팀에게 치료를 받으러 수십 킬로를 걸어서 새벽부터 도착해서 줄을 섰다. 사람들에게 공평하게 번호표를 나눠주었고 치료실로 마련된 공간에서 진료를 시작했다. 치과의사는 나를 포함해서 세

명뿐. 복도에서 기다리는 사람들은 삼백 명이 넘었다. 그날 치료를 못 받은 사람들은 다음 날 그 전날 번호표를 들고 다시 찾아왔다. 내 몸을 쪼개서, 내 손을 두 개 더 만들어서 일하고 싶을 정도로 더 많은 사람을 치료하지 못하는 게 속상했다.

말은 통하지 않았지만 미소와 좋은 마음을 나누며 치료했다. 치료비 대신 과일과 잼을 받기도 했다. 카자흐스탄 전통 모자를 선물받고 기뻐서 그것을 쓰고 치료를 하기도 했다. 치아는 거의 다 빠졌고 있는 치아 중 새까맣게 변한 앞니를 하얗게 때워주니 전통 의상을 화려하게 차려입은 멋쟁이 여자는 좋아서 노래를 부르고 춤을 췄다. 누가 보면 결혼식 전 신부로 착각했겠지. 진료하면서 간간이 음악 소리를 들었다. 아마도 사람들은 기다리며 돔브라Dombyra라는 현이 두 개인 전통 악기 소리로 무료한 시간을 파티처럼 보냈던 것 같다. 그때 소리가 지금도 아스라이 들리는 것 같다.

치과 기계가 하염없이 돌아가다가 어느 순간 하나가 멈춰버렸다. 아빠가 빌려준 포터블 엔진을 연결했다. 아빠가 나를 도와주러 온 기분이었다.

"어, 딸. 잘하고 있네. 저기 가서 뭣 좀 먹고 쉬어. 나머지는 아빠가 해볼게."

찾아온 사람들은 한두 개를 치료해서 해결될 것이 아니라 거의 다 빼고 틀니를 넣어주면 어떨까 싶을 정도로 치아가 많이 붕괴된 상태였다. 나는 치아를 빼고 아빠랑 같이 의논해서 틀니를 넣어주는 상상을 했다. 일정 때문에 시간이 없어서 전체 개선이 아니라 보이는 일부 치아만 치료해주고 떠나야 하는 상황이 안타까웠다. 조금 더 머물며 틀니까지 해주면 얼마나 좋을까 생각했다.

아빠의 엔진이 내 곁에서 쌩쌩 돌아갔다. 그날 끊임없이 몰려드는 사람들을 위해 그것은 잘 버티며 제 역할을 해주었다. 그 기계와 함께 내 손도 바삐 움직였고 손과 기계가 함께 만들어가는 모습이 대견했다. 기계와 난 두세 사람 이상의 몫을 해내기 위해 더 바쁘게 움직였다. 한국에서 일할 땐 그토록 일하기 싫어하던 손인데. 일을 제대로 해내기엔 한참 부족했던 내 손이었지만 자기 역량을 잘 발휘하고 있었다. 그곳에선 '쓸모 있는 내 손', '돕는 손'이 되었다. 카자흐스탄에서 봉사하며 색다른 즐거움도 있었다. 끼니 때마다 샤슐릭이란 양고기를 아주 맛있게 먹었고 참외 맛이 나는 드냐란 과일도 권하는 대로 다 받아먹었다. 난 잘 먹고 열심히 일하는 기쁨 속에서 무탈하게 지냈다.

갓 졸업한 뒤 병원 현장에서 환자들을 치료하며 학교에서 배운 이론을 실천할 때였다. 시작 단계라 일이 주는 기쁨보다는 긴장과 실패 속에서 일을 배워나가는 중이었다. 쉬운 충치 치료와 발치도 늘 어려웠던 시절이었고 지방에서 올라와 타지에서 내 삶을 개척해야 하는 이중의 어려움이 있었다. 낯선 서울에서 힘들게 일하던 나는 더 멀리 타국에서 정신없이 봉사하면서 치과 일이 얼마나 다른 사람에게 도움이 되는지를 깨달았던 것이다.

치과 일이 내게 맞지 않다고 여길 때마다 아빠 때문에 이 길로 들어섰다는 원망의 마음이 있었다. 이 일을 하면서 기쁠 수 없는 사람인데 적응해야 한다는 큰 숙제만 남은 기분이었다. 돈을 벌거나 유명한 의사가 되고 싶지 않았고 최소한 웃으며 일했으면 좋겠는데 마취할 때도, 치아를 뺄 때도, 보철을 해 넣을 때도 도무지 기쁘지 않았다. 표정도 말도 늘 찌그럭댔다. 주어진 것을 속박과 의무로만 생각해서 자주 체하는 느낌을 받았다. 안 그래도 위가 좋지 않았는데 자주 내과에 가서 위염에 관련된 약을 처방받아야 했다.

카자흐스탄에서 아빠를 대신한 기계와 일하고 나서 나라는 인간이 타인에게 사랑을 베푸는 기술을 가진 자로 오롯이 우뚝 섰음을 자각했다. 그것이 얼마나 축복된 일인지, 나와 타인이 만나 치료를 주고받으면 얼마나 숭고한 결과로 갈 수 있는 일인지를 말이다.

사회 심리학자이자 정신 분석학자인 에리히 프롬이 말했다. "존경이란 오직 내가 독립을 성취하였을 때만, 내가 똑바로 서서 부축 없이 걸을 수 있을 때만, 또 어떤 사람을 지배하거나 착취하지 않을 때만 가능하다. 존경은 자유가 있어야 비로소 존재한다."

그렇다. 나는 타국의 어려운 사람들을 치료해주면서 성인으로서, 치과의사로서 독립할 수 있었다. 그제야 아버지를 존경할 수 있었다. 내게 생명을 준 분, 지금 내가 누리는 일과 자리가 가능하게 해준 분이 나의 아버지라는 것을.

한국에 돌아오고 나서도 똑같이 일했고 페이 닥터로서 할 수 있는 일의 영역은 크지 않았지만 스물일곱 살 그때 난 바뀌었다. 치과 장비 자체에도 감사하며 일할 수 있었다. 장비 하나만 없어도 진료 자체가 성립될 수 없는 걸 몸으로 알았기 때문이다. 또한 곁에 있는 사람에게까지 그 마음이 뻗어갔다. 함께 일하는 직원을 새삼 소중한 눈으로 바라봤으며 일할 때 쓰는 절삭 기구(bur) 하나도 고마웠다. 내 손으로 보철을 끼워서 아무 불편함 없이 치료해준다는 게 신이 났다. 처음으로 일하는 기쁨을 알았던 것 같다. 내게 일이란 돈을 받아 상품을 사는 소비로 끝이 나는 것이 아니고 무언가를 만들고 재창조하는 영역임을 이해했다. 치과 일은 통증을 없애고 무언가를 만들어주는 과정을 통해 환자 입안에 새롭게 바뀐 세계를 창조하는 일이었다.

위염 대신 목에 새로운 느낌이 생겼다. 의무와 부담감

같은 매임을 벗은 후 생긴 것은 '목멤'이었다. 그것은 내가 일할 때마다 자각되었고 날 붙드는 다짐이 되었다. 병원을 어렵게 경영해야 하는 환경에서도 '목멤'은 변함없었다. 아빠의 엔진 옆에서 일했던 이십 대의 나와 위의 통증은 사라지고 이젠 '내 생의 기회'를 찾아가는 자로서 '목멤'이 남았다.

카자흐스탄 알마티 공항에서 비행기가 출발할 때 나도 새로운 출발을 하게 되었다.

II 이토록 가까운 거리

괜찮지 않아요

치료할 때 아프냐고 물으면 늘 괜찮다고 말하던 환자가
있었다.

그를 처음 만났던 날, 그의 입안은 정말 괜찮지 않았다.
치아가 없는 것이 큰 문제로 느껴지지 않을 만큼 그의
첫 인상은 평범했지만 체어로 자리를 옮겨서 '아 해보
세요.' 하고 입안을 들여다본 순간 너무 놀랐다. 그곳엔
있어야 할 윗니가 거의 없었고 분홍색 조직들만 남아
있는 커다란 빈 공간이었다.

어쩌다가 치아가 이 지경이⋯⋯. 어떻게 이러니, 사람

입안이.

어디 아픈 곳이 있느냐고 물었지만 없다고 했다. 항암 치료 중이거나 면역 질환이 있거나 여성들 경우엔 출산과 호르몬 불균형으로 인해 다발성 치아 상실이 있을 수 있다. 하지만 그는 그런 특별한 경우가 아니었다. 왜 주위에서 아무도 치료하자고 그를 병원에 데려가지 않았을까. 그에겐 엄마, 누나, 이모, 애인, 형과 삼촌 등이 없을까. 그의 텅 빈 입안을 보며 그가 치료하지 못하고 주저하게 만든 요소가 무엇이었을까 너무 안타까웠다. 그는 왜 적절히 치료할 시기를 놓쳤던 걸까. 이렇게 치아가 없는 상태로 매일 밥은 어떻게 먹고 소화시켜가며 일했을까 하는 생각까지 하게 되니 그가 애잔했다. 아직 젊은데 틀니를 위 아래로 해 넣어야 하는 상황이었다. 임플란트로 전악수복, 즉 전체 치아를 만들어 넣기에는 비용 부담이 너무 커서 위 아래 완전 틀니를 하기로 결정했다.

노년이라면 몰라도 그는 중년이라고 하기에도 젊은 나이였는데. 그래도 나는 괜찮다고 했다. 정말 괜찮지 않은 일이었지만 마음까지 더 다치게 하고 싶지 않아서 다른 사람에게도 일어날 수 있는 흔한 케이스처럼 설명할 수밖에 없었다. 그가 틀니를 하고 어떻게든 적응해서 남들처럼 '평범하게 씹는 세상'을 다시 회복할 수 있길 바랄 수밖에.

평범한 삶엔 평범하게 씹는 삶이 있다. 그가 잃어버린 평범하게 밥 먹는 세상은 적응과 회복을 통해 다시 찾을 수 있어 보였다. 그가 틀니에 적응하지 못한다면 한 끼 식사도 어려울 테니 그는 무조건 적응해야만 했다. 매일 모든 사람이 아무 생각 없이 평범하게 씹는 세상으로 편입하려면 말이다.

내가 도와줄 수 있는 것들을 반복해서 설명했다. 몇 개 남지 않은 치아를 빼는 날에도 틀니에 대해 좋게 이야기했다. 치아 뺀 자리에 임시 틀니 본을 뜨는 날도 이것은 완전한 건 아니지만 여기에 적응을 잘하면 완전히 본을 뜬 뒤에도 잘 적응한다고 설명했다. 그는 젊은 사람이다. 그는 열정적으로 일하고 사람들과 교류하면서도 자기 입안에 있는 틀니를 날마다 일상으로 넣고 빼고 씻어야 한다. 특히 음식을 먹고 나서는 매번 빼서 씻어야 하고. 계획한 것을 밀고 나가는 치료 과정 중에 그의 마음이 좌절되어 틀니 자체를 포기해버리지 않도록 주의했다. 틀니와 친해져야 한다고, 틀니가 아파도 적응해야 한다고 반복해 말했다.

무엇이든 처음엔 계획일 뿐이다. 치료를 하다보면 방향이 바뀔 때도 있고 하려고 했던 것도 좌절된다. 그 모든 과정이 마무리될 때까지 환자가 잘 따라와주는 것만큼 고마운 건 없다. 처음부터 끝까지 그는 내가 어렵게 꺼내는 모든 설명에 "네~."라고 시원하게 대답해주었고 그런 주고받음이 좋아서인지 틀니라는 어려운 도구를 가지고 식사를 잘할 수 있는 상황에 도달했다. 그는 잘 적응했다.

처음 임시 틀니를 만들어 적응하려고 끼우던 날 그는 내게 말똥말똥 순한 눈빛으로 물었다.
"이게 붙어 있나요?"
"붙는 게 아니라 이건 판자처럼 자리 잡고 있을 뿐이에요. 끼우고 움직이고 빠지려고 할 때마다 잘 적응해야 해요."

환자의 첫 질문이었다. 그에게 틀니는 한 번도 가보지 못한 머나먼 해외 어떤 나라처럼 추상적인 느낌이었을 것이다. 그러다가 닥쳐서야 어떻게 끼울 수 있는지부터 궁금했던 것이다. 틀니를 끼지 않고 방치된 상태로도 살 수 있지만 틀니를 잘 끼면 웃을 때 미소선도 회복되고 씹는 힘이 생기기 시작해 얼굴 모양도 살이 붙은 것처럼 좋아질 수 있다는 내 설명에 그는 집중하기 시작했다.

"무조건 적응해 봐요. 다른 방법 없다 생각하고요. 잘하실 거예요." 환자가 틀니와 친해지고 안경처럼 살아가기 위해 필요한 도구로 인식하길 바랐다. 그가 틀니 자체에 적응하도록 임시 틀니를 끼고 지내는 시간을 다른 환자보다 더 많이 할애했다.

상악 임시 틀니에 점차 적응하기 시작할 때쯤 아래 치아를 전부 다 뽑는 날을 정하고 그날 본을 떠서 아래 임시 틀니를 제작했다. 이제 환자는 모든 치아가 없는 완전 틀니 사용자가 되는 것이다. 그가 바뀐 상황을 잘 받아들이고 스스로 적응할 수 있도록 모든 과정을 천천히

했다. 흔들리는 치아 10개를 가지고 있는 것과 단 한 개도 없는 것은 너무나 다른 환경이기 때문에. 한 달, 두 달 정도, 임시 틀니에 적응하는 것을 살펴본 다음 잇몸과 치조골의 상태가 아물고 편안해진 것을 확인한 후 다시 마지막 본을 떴다. 임시 틀니를 오래 사용해 보고 그 기간 동안 나타난 단점을 보완하는 완전 틀니를 만들었다.

이제 그 환자에게는 다른 사람은 알 수 없는, '틀니를 사용하며 사는 삶'에 적응해야 하는 인생 숙제가 생겼다. 아무도 틀니에 적응하면서 겪는 어려움을 모를 것이다. 그는 연인이나 가족에게조차 '틀니를 뺀 모습'을 보여주고 싶지 않아 끼고 잘지도 모른다. 틀니를 쓰면서 생기는 문제들을 그가 잘 넘어가길 진심으로 바랐다.

어느 것 하나 살릴 치아가 없었던 그 환자의 치료가 여름 끝을 지나 가을 그리고 겨울이 되어 마지막 체크하는 날이 되었다. 그에게 "잘 드시나요? 뭘 먹었어요?"라고 물으니 쑥스러워하며 "다 잘 먹는데요."라고 했다. 적응하는 게 쉽지 않았을 텐데. 모든 것을 이겨낸 그를 무조건 칭찬하고 싶었다. 담배를 많이 피우니 틀니에도 착색이 될 거라고 말하면서 '틀니 스케일링'하러 오라고 했다. 인사를 나누고 나가던 그가 방울토마토를 건넸다. 그를 치료했던 5개월 이상의 시간을 되새기듯 다음 날 아침에 방울토마토 5개를 씻어 꼭꼭 씹어 먹었다.

그는 자기 치아가 한 개도 없는 사람이 됐지만 그에게는 남들에겐 없는 훌륭한 태도가 있다. 치과에 가보라고 등을 밀어준 분도 그의 성실한 태도에 반해서 그랬을 것이다. 힘든 치료 과정마다 그는 늘 "네~. 괜찮습니다. 네~."라며 대답했다. 그의 "네~."라는 대답은 너무나 듣기 좋았다. "네~, 네~."라고 대답해주는 목소리를 들으며 따라 해 보기도 했다. 그가 점점 잘 해내고 있다는 것을, 처음 병원에 왔을 때보다 얼굴에 살이 붙고 표정이 달라진 것을 보며 느꼈다. 이길 수 있는 힘은 상황이 개선되어서가 아니라 언제나 감당하고, 또 해내려하는 '태도'에 있는 것 같다.

치료 시작부터 환자에게 내가 도움이 되길 바랐고 꼭 잘 쓰는 틀니를 만들어주고 싶었다. "네. 네." 매번 대답하는 그는 삶 어느 곳에서나 "네. 네." 대답 잘하는 사람일 것이다. 치아가 없어서 그동안 어색한 미소만 지었을 텐데 이제는 누구에게나 더 성실하게 대답할 수 있겠지. 그에게 그의 삶은 괜찮은지 물어보지는 못했다. 늘 괜찮다고 말했던 그는 정말 모든 게 괜찮았던 삶일까. 그 후로도 가끔 생각났다. 그의 태도가 좋았지만 그래도 괜찮지 않을 때에는 괜찮지 않다고 말할 수 있으면 좋겠다. 남들은 '틀니 낀대.'라는 편견으로 그를 대할 수도 있겠지만 그에게 '틀니 끼어 웃는 세상'을 다시 안겨줄 수 있어서, 내가 도움을 줄 수 있어서 기뻤다. '매일 밥 먹는 그의 세상'이 늘 편안하길 바란다. 그는 젊기 때문에 앞으로 여러 번 틀니를 새로 제작해야 할 텐데. 동생 같아서 마음이 더 많이 쓰인 그가 나에게 다시 와주었으면 좋겠다.

지비가 원장이여?

치료가 끝나고도 생각나고 보고 싶은 환자들이 있다.

멋쟁이 할머니도 그렇다.
"엄마가 치매인데 임플란트를 할 수 있을까요?"

할머니를 모시고 온 아들의 부탁으로 그렇게 할머니의
임플란트 시술이 시작되었다. 할머니는 늘 멋진 차림
으로 병원에 왔다. 화려한 모자에 손가락에도 반짝반
짝 아름다운 반지가 빛났다. 귀고리도 굉장히 컸고 양
말과 옷 색깔은 평범하지 않았다. 할머니는 오랜 기간
자기가 추구해온 미적 감각을 가지고 열심히 꾸미며 나

타났고 치료랑 상관없이 그런 특별한 아름다움이 있는 할머니를 바라보는 것이 기뻤다.

하지만 할머니의 치매 증상은 점점 심해졌고 치료하러 올 때마다 기력은 눈에 띄게 떨어져갔다. 당신의 씩씩한 걸음으로 나타나는 게 아니라 항상 함께 오는 아들이 미는 휠체어를 타고 올 수밖에 없게 됐다. 살이 빠지고 표정이 달라지고 옷차림새도 예전만 못했다. 치매 환자는 보호자가 돌보기 편한 옷으로 입게 될 수밖에 없다고 하던데……. 예전의 짱짱한 기력을 아는 나로서는 할머니가 점점 약해져가는 모습을 보는 게 힘들었다.

"아, 하세요." 하면 입을 벌리고 유지하고 있어야 하는데 잡아주는 힘이 없으니 어느새 입을 다물었다. 내 손도 몇 번 물렸다. 반대로 "꽉 무세요." 하면 타이밍이 맞지 않을 때도 있었지만 교합을 맞추는 치료는 가능했다. 치료하면서 할머니에게 "아 하세요."를 몇 번이나 했을까. 나이가 들면 입을 벌리는 작은 행동조차 쉽지 않다. 청력 문제까지 동반되면 더 문제가 되고 치매일 경우에는 모든 문제가 심화된다.

치매 환자에게는 간단한 치료를 하더라도 반복해서 설명해야 한다. 여러 번 했어도 늘 처음처럼 느끼는 할머니에게 난 앵무새처럼 한 말 또 하고 다시 말해야 했다. 또한 주의 사항을 설명해도 잊어버리기 때문에 신경 치료 중에 그쪽으로 씹지 말라고 주의를 줬어도 치아가 깨져서 왔다. 할머니는 치료가 다 끝나가도 "여기가 아프다구. 여기."라면서 치료 부위 말고 다른 부위를 가리켰다. 할머니는 예전 기억에 머문 채 치료자인 내가 저만큼 앞서가도 자기 세계에 갇혀 말하는 것이다.

할머니가 기력이 좋았을 땐 치료를 마치고 혼자 대기실로 걸어 나갔지만 지금은 누군가가 도와줘야 한다. 휠체어에서 체어 쪽으로 이동하거나 집에 돌아갈 때면 보호자인 아들이 도와야 한다. 무엇보다 화장실도 혼자 갈 수 없을 정도로 할머니는 삶이 버겁다. 예전의 화려한 모습을 아는 직원과 나는 앞에서는 내색하지 않으면서도 약해진 할머니를 걱정했다.

깔끔하던 할머니 입안은 손에 힘이 떨어지고 치아를 닦는 법도 잊어버려 올 때마다 치아 사이에 음식물이 가득 끼어 있곤 했다. 고령자의 구강과 전신은 밀접하게 이어져 있고 구강 세균이 폐와 혈액 안에 침투하여 몸이 약한 고령자에게 발열 등을 일으킬 수 있다. 부드러운 칫솔로 세균을 제거하며 구강 케어에 신경을 써야 한다. 이와 더불어 고령 환자들에게 있을 수 있는 치매에 대해서는 치료자와 보호자가 한마음이 되어 세심히 배려해주며 지속적으로 관리해야 한다. 치매인 것을 모르고 병원에 혼자 방문할 때 생길 수 있는 사고가 있다는 것도 보호자들은 미리 알고 있어야 한다.

치매 환자는 자기 몸의 아픈 증상이 언제 어떤 식으로 있었는지 표현할 언어를 잃는다. 나의 외할아버지는 설암으로 돌아가셨는데 암 진단 전에 심한 건망증과 치매가 있었다. 혼자 있을 때면 분명히 아팠지만 외할머니가 일하고 오면 아픈 것을 잊어버리고 표현하지 못했던 것 같다. 끼고 있는 틀니가 불편하거나 몸에 암이 자라 통증 때문에 힘이 들어도 표현할 기회가 없었던 외할아버지를 생각해 보면 치매 환자에게는 누군가 늘 붙어서 돌봐주는 손길이 꼭 필요하다.

할머니는 치과에 올 때마다 "지비가(자네가) 원장이제?" 하면서 내 손을 잡아주곤 했는데 점점 나를 못 알아보게 됐다. 앞에 있는데도 원장인 나를 찾았고 직원들에게 수시로 묻기 시작했다.

"지비가(자네가) 원장이여?"

처음에는 아니라고 하던 직원들도 할 수 없이 자기가 원장이라고 답할 수밖에 없었는데, 목소리로 다시 나를 알아보게 된 할머니는 "지비가 원장이제." 하면서 반갑게 손을 잡았다.

"직원이나 원장이나 다 똑같이 생겼어."

"그럼 직원들한테 일 맡겨놓고 지비는 일찍 퇴근해도 되겠어요."

그러면서 할머니도 아들도 직원들도 나도 한바탕 웃었다. 치매에는 예쁜 치매와 미운 치매가 있다고 했던가. 그렇다면 할머니는 예쁜 치매 환자였나 보다.

할머니는 자기가 아픈 것을 표현할 언어를 기억해내지 못했고 스스로를 꾸몄던 자기 표현 능력을 잃었다. 그런 한계가 있었지만 모든 치료 과정을 잘 따라주었다. 원장인 날 처음 보았던 그 기억 속 '지비'를 따라가며 긴 치료를 무사히 마쳤다. 할머니는 언제나 다시 보고 싶은 분이다.

"할머니, 아드님이랑 함께 오셔서 '지비' 찾아주세요. '지비'는 늘 그 자리를 지키고 있을게요."

당신과 나의 거리

달리는 사람이 나를 향해 뛰어오면 자세를 보게 된다.

자세만으로 그 사람이 얼마나 뛰어왔는지 예측할 수 있
다. 달리기를 좋아해서 오래 관찰했기 때문이다. 손을
흔드는 동작과 뛸 때 놓이는 발 위치를 살펴보면 현재
몇 분 정도 뛴 상태인지 보이고, 앞으로 또 얼마나 뛸 수
있을지 가늠할 수 있다. 상대의 호흡과 움직임이 읽힌
다. 상대와 거리를 좁힐수록 상대의 상태를 더 잘 알 수
있다. 반대로 상대와 거리가 멀어지면 상대를 알 길이
없다.

"아 하세요."

환자와 가장 가까운 거리에 있을 때 내가 하는 말이다. 치과의사는 치료할 치아를 보기 위해 환자의 머리, 이마, 볼을 지나 입이 있는 부위까지 다가가야 한다. 나는 일하기 위해 의자에 앉고 두 손을 환자 얼굴을 향해 펼친다. 환자는 타인의 무릎을 베는 방향처럼 나를 향해 머리를 두고 눕는다. 구멍포를 덮는다. 왼손엔 미러를 들어 환자의 볼을 붙잡고 오른손엔 어떤 치료를 하느냐에 따라 핀셋, 핸드피스, 에어시린지, 교합지 홀더, 본 뜨는 도구, 핸드 드라이버 등을 쥐며 일한다. 치료할 때 손이 공중에 떠 있으면 위험하므로 일하는 동안 움직이지 않도록 고정시키는 손을 환자 볼에 둔다. 이것을 레스트rest를 확보한다고 한다. 환자 입술과 얼굴 주변에서 내 손은 바삐 움직인다. 모르는 타인인데 가장 중요한 얼굴 부위를 만지작거리며 움직인다. 치아 치료를 위해 얼굴을 맡기는 이런 자세는 사랑하는 가족 앞에서도 하기 어렵기에 환자는 편치 않다.

임신 막달에 접어들 때였다. 진료실 체어 헤드에 배가 닿을 정도인 상태로 치료를 하고 있었는데 갑자기 쿵,

쿵, 쿵, 배 속에서 아기가 발길질을 했다. 너무 센 발길질에 놀란 나는 환자에게 물었다.

"방금 제 아기가 발을 찼어요. 느끼셨나요?"

"어, 바로 알겠던데요. 힘이 세네요."

환자를 치료하기 위한 내 자리가 환자와 정말 가깝다는 것을 실감했던 순간이었다.

이토록 가까운 거리라니……. 이것이 당신과 내가 만나는 치료실에서의 거리이다. 의사를 신뢰하더라도 가까워진 거리로 한 시간 이상 있는 것은 피로감이 쌓일 수밖에 없다. 환자가 온몸으로 긴장해 다리를 떨면 환자 다리 쪽에서 시작된 진동이 치료하는 내게 곧장 전달된다.

"지금 떨리세요? 많이 긴장하신 것 같은데요."

"어떻게 아셨어요?"

"다리도 떨고 어깨는 굳고 머리까지 긴장 상태인걸요."

환자는 의사가 자신의 상태를 알아줄 때 긴장감이 조금이나마 풀린다. 의사도 그렇긴 하다. "선생도 애썼어. 같이 힘들었지."라고 말하며 손을 잡아주었던 할머니 한 분이 기억난다. 의사도 환자가 알아주면 감사한 마음이 드는 똑같은 사람이다.

치과의사도 까다로운 사람, 불편한 사람, 화를 내는 사람과 가까이에 있기 싫지만 모두 공평하게 똑같은 자세로 검사하고 치료해야 한다. 환자 역시 마음이 열리지 않는 사람 앞에 누워서 치료받아야 한다면 고역일 것이다. 서로가 주고받는 심리적인 거리가 편안하고 가까울 때 치료가 더 잘될 수 있기에 거리를 좁혀가며 일하려고 늘 노력하지만 환자와의 거리 맞추기는 언제나 어렵다.

구멍포를 덮어서 치료하기 때문에 환자들은 치료 중 내 눈을 볼 수 없겠지만 가까이에서 치료를 하다보면 환자 얼굴에 살짝 놓았던 손가락 레스트rest가 환자 얼굴 쪽으로 좀 더 닿으면서 어느 순간 감격스러울 때가 있다. 환자가 나를 믿고 있다는 걸 다시 한 번 느끼기 때문이다. 이런 때에 치료자로서 더 겸손히 치료할 것을 다짐해 보기도 한다. 치과에 온 아이들이 치료를 다 하고 갈 때 귀여워서 양 볼을 살짝 쥐며 잘했다고 칭찬할 때가 있다. 어른들은 그렇게 할수 없어 가끔은 진료하는 내 오른손과 왼손을 명상할 때 배웠던 자세처럼 환자 볼에 잠시 멈춰 온기를 넣을 때가 있다. 치료한 것이 좋은 결과가 되기를, 치료받는 환자가 평안하기를 바라면서.

어릴 적에 아빠가 "귀지 파자."라고 하면 달려가 아빠의 무릎을 베고 눈을 감고 귀지가 빠져나오는 소리를 들었던 기억이 난다. 어딘지 모르게 멀게만 느껴졌던 아빠였어도 아빠가 내 귀를 들여다보는 그 순간만큼은 아빠의 온기를 온전히 느낄 수 있어서 좋았다. 아빠가 어린 나의 귀지를 파주고 싶고 내가 아빠에게 귀를 맡길 수 있었던 것도 서로 믿고 사랑한다는 표현이 아니었을까. 치과의사로서 나도 환자와 그럴 수 있다면 좋겠다. 환자와 서로 믿을 수 있으면 좋겠다. 치료하고 치료받는 그 시간만큼은 그런 온기를 나눌 수 있다면 좋겠다.

흔들리지 않는데 빼야 하나요

세상 사람 생김새가 다 다르듯이 이 세상에 존재하는 치아 모양도 똑같은 게 하나도 없다.

한 사람 입안에서도 제1대구치 어금니는 좌우상하 모두 다르게 생겼다. 관리를 안 해도 어떤 치아는 튼튼하고 흔들리지 않는데 어떤 치아는 곧 빼주세요 할 정도로 흔들린다. 희한한 일이다. 한쪽만 세균이 엄청난 것일까, 한쪽만 씹는 힘이 강한 것일까. 흔들리는 치아는 당연히 빼야 하지만 흔들리지 않아도 뿌리 끝까지 퍼진 염증 때문에 빼야 할 때가 있다. 하지만 대개의 환자들은 흔들려도 웬만해선 빼지 않고 싶어 한다.

환자: "흔들리지 않는데요. 빼야 하나요?"

나: "몇 년 동안 염증이 진행되어서 뿌리 끝까지 퍼지고 그 염증이 옆으로 퍼져서 옆 치아 뼈를 갉아먹고 있어요. 이젠 고름도 생기고 아프실 텐데요?"

환자: "아닌데. 밥도 잘 씹어 먹고 모든 게 쌩쌩하게 괜찮아요. 안 흔들리는데."

사람들은 치아가 흔들려야 뺀다. 쓸 때까지 쓰고 싶다는 마음으로 빼지 않겠다는 상황을 지켜봐야 할 때가 많다. 아픈 치아가 앞으로 얼마나 쓸 수 있게 버티어줄지 예측할 수는 있지만 실제로 그런지는 환자가 병원에 계속 와주어야 안다. 빼야만 하는 치료 상황이 생겨도 최종 선택은 환자 몫이다.

염증이 심해도 흔들림이 전혀 없으면 발치 시점을 미루게 되어 염증이 안쪽 뼈를 다 갉아먹게 된다. 4~5년쯤은 그냥 보내기 쉽다. 이 환자 역시 빼야 할지를 매번 나와 의논했지만 빼지 않았다. 흔들리지 않았기 때문이다. 염증이 생기고 아프면 치과에 와서 소독하고 가곤 했다.

결국 치아를 빼는 날이 왔다. 한쪽 뿌리 주변 염증은 10년은 넘은 것 같다. 이젠 고름이 뿌리 끝까지 가득 차서 얼굴까지 팅팅 부어서 왔다. 그런데도 치아는 흔들리지 않았다. 정말 희한하다 생각했다. 이 정도면 흔들려야 맞는데. 부은 날은 마취를 해도 뺄 때 아프니 약을 먹고 고름을 가라앉힌 뒤 진정시켜 빼야 하지만 여러 이유로 그날 바로 빼야만 했다. 치아를 빼야 아프지 않은 상태로 갈 수 있기도 했다. 얼굴까지 부어서 많이 아팠는지 매번 핑계를 대며 약만 타 가던 환자는 "빼주세요."라고 바로 말했다. 이번엔 나도 다른 이유를 찾지 않고 "알겠습니다."라고 짧게 답하고 시작했다.

세상사 비슷한 일이 반복되어도 똑같은 경우는 단 한 번도 없듯이 발치 또한 그렇다. 겁이 많아 농이 생길 때까지 발치를 미루고 미룬 환자가 발치를 하겠다고 마음먹었으니 목표는 단 하나, '빨리 빼는 것.' 그러려면 마취를 충분히 해야 했다. 기다려야 했다.

늘 하던 대로 치아를 빼려고 접근했는데 꿈쩍을 안 하는 치아였다. 이러면 안 되는데. 점심시간 전에 가볍게 끝날 줄 알았는데. 염증 때문에 뼈가 다 녹아서 뺀다고 설명했는데 움직이지 않았다. 오래 걸릴 것 같았다. 금니를 벗겨내고 안쪽 치아를 잘라 빼기로 했다. 금니를 벗기는 데 사용하는 바bur가 부러졌다. 다시 다 벗기고 치아를 자르는데 이번엔 수술용 바surgical bur가 부러졌다. 변수 두 개가 추가되었다. 염증이 가득했던 뿌리를 꺼내고 다른 쪽을 보는데 이쪽도 꿈쩍을 안 했다. 그런가 보다 하고 계속 자르면서 빼내는데도 덩어리가 움직이지 않았다. 염증으로 주변 뼈가 녹아 발치가 어렵지 않을 거라 예상했는데 왜 이럴까 했다.

한 덩어리일 거라고 생각한 뿌리 쪽 뒤에 갈고리처럼 뿌리가 하나 더 있었다. 그동안 사진을 여러 번 찍었어도 위치가 가려지는 쪽이었는지 뿌리 하나가 더 있는 줄 몰랐다. 나무에 지지대를 받쳐주듯이 염증이 많은 치아를 이 여분의 뿌리 하나가 지탱했던 거다. 사진에선 두 개로 보였던 뿌리. 빼면서 보니 세 개였다. 그래서 흔들리지 않았구나. 빼면서 알게 되었다. 난 여태 뿌리가 길고

휘어 있어서 그럴 거라고 예측만 했지 하나가 더 있을 줄 몰랐다. 다 뺀 치아 조각조각을 보면서 환자와 이야기했다. 몇 년 전에 빼야 할 염증 많은 치아라고 말했지만 그동안 더 쓸 수 있었던 건 지금 보고 있는 여분의 뿌리 때문이었다고. 그제야 우린 각자의 입장에서 흔들리지 않았던 치아를 이해할 수 있었다.

사람은 흔들리는 존재다. 나 역시 일 년 동안 수천 번을, 하루에도 수십 번을 흔들린다. 흔들리는 이유도 다양하다. 큰 것들은 남에게 말할 수 있지만 작고 내밀한 것은 그것에 내가 흔들렸다는 걸 인정하고 싶지 않아 말도 못 한다. 흔들리는 것은 나이 들고 죽을 때까지 계속되겠지만, 흔들렸던 나를 붙잡아줬던 순간과 대상을 알아가는 중이다.

저혈압이 있는 지인이 주변에 잡을 것이 없었다면 바닥에 쓰러졌을 수도 있었던 위급했던 어떤 날을 말해줬다. 그날, 자기 손에 어항이 닿아서 재빨리 잡았단다. 잠시 시간이 지나고 보니 어항 위치는 밀려 있었지만 더 위험한 일은 없었다고 했다. 손에 잡혀 그분 무게를 지탱해준 어항처럼(어항이 깨졌으면 큰일이었겠지만), 그 환자의 제1대구치에 하나 더 있던 작은 뿌리는 심한 염증으로 전체 치아가 흔들려야 하는데도 치아를 흔들리지 않게 잡아주고 살아남게 했다.

큰 문제가 날 흔들어도 정작 잡아주고 위로해주는 건 못 보고 지나칠 만한 작은 것들인 경우가 많다. 머리 뚜껑이 열리는 것처럼 화가 나고 가슴에서 조절되지 않는 울분을 느낄 때 나는 창문 수가 몇 개인지, 바닥 타일 개수가 몇 개인지, 책꽂이에 책이 몇 권인지 숫자를 센다. 하나, 둘, 셋 그리고 스물까지. 그런 작은 습관을 반복하며 나의 흔들림을 없애며 사는 것 같다. 흔들리는 치아는 대부분 통째로 뺀다. 그런데 이 환자의 경우 열 조각 이상을 잘라 빼고 나서야 진정 이 치아를 지키고 있었던 여분의 조각을 만났고 마침내 그것을 뺐다.

내가 몇 년 동안이나 궁금했던 것이 풀리는 순간이었다. 이래서 흔들리지 않았구나. 갑자기 배가 고팠다. 시간을 보니 점심시간에서 15분이 지나 있었다. 더 좋은 시간에 더 쉽게 발치하지 못하고 오버타임을 가지면서 어렵게 그 치아를 환자 입안에서 없앴다. 언제 그 치아를 빼게 될지 궁금했었는데, 치아가 사라진 시간은 기억할 수 있겠다.

12시 45분이었다.

엄마가 해도 무서워요

잘 먹고 튼튼해서 또래보다 모든 게 빠르고 몸집이 컸
던 딸을 처음 치료할 때였다.

치아가 썩은 걸 알았지만 아이가 감당할 때 하면 된다
고 미루고 있었다. 나이가 든다고 치료를 잘 받는 건 아
니지만 아이가 좀 더 성장한 뒤에 충치 치료를 하고 싶
었다. 치과에 처음 오게 되는 나이는 만 4세 정도가 적
절한데, 요즘은 국가에서 시행하는 영유아 검진으로
인해 더 말이 안 통하는 어린아이들이 부모와 함께 치
과를 찾고 있다.

스스로 의견 표현은 아직 못했지만 엄마 말을 기특하게 이해했던 딸을 치료하던 날은 내 친구와 우리 가족이 함께 저녁을 먹기로 했던 특별한 날이었다. 하지만 이 날 친구와의 약속을 취소해야 했다.

처음에는 무섭다고 하는 딸을 남편이 안고 체어에 같이 누웠다. 평상시 내 말을 잘 알아듣는 아이였는데 엄마가 치료자로 돌변하고 불빛은 번쩍이고 소리까지 시끄러워지니 당황하기 시작했다. 아직 말을 명확하게 표현하지 못하는 어린 딸은 고개를 돌려버렸다. "아 좀 하라고. 아~."라는 내 말조차 따라주지 않았다. 난 당황했다. "엄마야, 엄마라고." 혹시 다른 병원에서 치료받은 것에 놀라서 가운이나 마스크에 가려진 나를 못 알아보나 싶어 원장실에 가서 가운을 벗고 나왔다. "엄마가 하니까 믿고 아 좀 해주라. 엄마가 금방 할게. 우리 딸 잘 참을 수 있지?"라고 말했지만 아이는 이미 두려움에 사로잡혀버렸다.

치과 치료에서는 눈 맞춤eye contact을 필요로 한다. 환자 입안을 보기 전에 환자 눈을 바라본다. 치료 전에 손잡기hand contact를 할 때도 있다. 그리고 환자와 의사 모두 치료가 흡족하게 끝이 나면 서로의 마음이 열리는 heart contact 경험을 한다. 치료를 하면서 눈과 손과 가슴이 열리는 것을 알 수 있었다. 특히 아이들은 그 반응이 확실하다. 망설임 없이 확 다가와서 표현해주는 아이들은 순수하다. 어른들 치료보다 조절이 어렵긴 하지만 아이들 치아를 치료할 때는 목마른 목에 물이 들어가는 것처럼 시원함을 느낀다. 아이들이 보이는 반응의 세계는 놀랍다. 아이들이 한번 마음을 작정하면 치료도 잘 받고 나를 안아주고 가기도 한다. 무엇보다 찢어질 정도로 입을 잘 벌려준다. "선생님 눈이 잘 안 보여서 그러는데. 아 좀 해주라."라고 내가 엄살을 부리면 아~를 얼마나 크게 해주는지. 그럴 때에는 치아 치료를 통해 '아이들 세계'에 내가 입장하는 기분이다. 아이들은 믿어주는 만큼 보여주고 아이들의 두려움과 욕구를 이해하려고 해주는 만큼 잘 따라온다. 못 했던 아이들이 잘하는 것을 보는 것만큼 보람된 일은 없다.

그런데, 내 딸이 울고 있었다. 아직 "엄마, 무서워."란 말을 못하는 아이는 온몸으로 무서움을 표현했다. 아빠가 안고 있어도 소용없었고 입을 다물며 얼굴을 돌리는 회피 반응을 보였다. 나는 저녁 약속도 있고 치료도 서둘러 마치고 싶었기 때문에 딸이 미처 두려움을 해소하지 못했어도 충치를 제거하려고 기구를 돌렸다. "금방 끝날 거야."라고 했지만 딸은 치아에 가해지는 이상한 소리와 느낌에 오줌을 싸버렸다. 엄마가 치과의사인데, 엄마가 치료하는데도 잘 참지 못하고 무서움을 이기지 못한 것이 처음엔 어이가 없었다. 나중에야 내가 딸의 무서움을 온전히 알아주지 못했다는 걸 깨달았다. 무서움도 표현할 수 없는 나이가 있다는 것을. 자기가 원하는 것을 정확히 표출하지 못하는 어린아이들은 오줌을 싸는 행동을 통해서도 벗어나고 싶어 한다는 것을 한참 후에 알고는 내 자신이 참 부끄러웠다.

20년도 더 지났지만 아들 곁에서 바삐 챙기던 보호자의 손길이 생각났다. "제가 치울게요. 손대지 말고 그대로 두세요."라고 말하던 한 아주머니. 아들이 무서움에 사로잡혀 오줌을 싸는 일이 자주 있었는지 준비했던 검정 비닐봉지와 수건과 휴지를 꺼내 더러워진 것을 깨끗이 치우는 손길이 자연스러웠다.

병원 소아 치과 치료실이었다. 난 그때 치의대 본과 학생으로서 병원 안에서 실습을 돌 때였다. 수련의 선생님이 장애가 있는 아이의 머리를 다치지 않게 고정시키고 움직이지 않도록 주의를 한 후 치료를 시작했지만 아이는 크게 울었다. '이렇게까지 치료를 해야 하는 건가.'라는 생각이 들 정도였다. 난 석션 팁을 들고 발버둥치는 아이 옆에 서 있었다.

이렇게 울지 않게 치료할 수는 없는 걸까, 안타까운 마음에 아이의 썩은 치아까지 원망스러웠다. 아이와 눈이 마주칠 때마다 진정하라고, 무서운 것이 아니라고 말을 건네도 소용없었다. 그러던 아이가 마지막 반항처럼 오줌을 쌌다. 그 후로 치료는 멈출 수밖에 없었고 시끄러웠던 진료실은 조용해졌다. 모두가 지쳐서 조용하게 있을 때 유일하게 바빠진 사람은 그 아이의 엄마였다. 아들이 치료를 받는 내내 바깥 복도에서 지켰던 것이다. 그녀는 아들의 소변을 치우고 다시 복도에 있는 의자 쪽으로 나가 앉았다. 그녀가 아들 곁에선 씩씩하다가도 의자에 앉아서는 멍하게 있었던 것을 기억한다.

아이가 두려움을 극복하기 위해선 시간이 필요하다. 괜찮다는 경험을 한번 해보는 것이 중요하고, 좋았던 느낌이 클수록 나쁠 거란 두려움 없이 치과에 올 수 있다. 그러려면 아프기 전에 치료해야 한다. 동네 슈퍼 가듯이 치과에 자주 와서 나쁠 건 없다. 치료할 것이 없어도 아이가 양치 잘했다는 칭찬을 받게 할 기회를 줘야 한다. 치과에 대한 생각의 변화가 필요하다. 치과는 아플 때만 가는 곳이 아니라 자기를 알아주고, 치아를 열심히 관리하고 있다고 칭찬해주는 선생님을 만나는 곳이라는 생각의 전환이 필요하다. 평상시 접하지 못한 치과 체어에서의 밝은 빛과 시끄러운 소리만으로도 아이들은 오줌 쌀 정도로 무서워한다. 엄마가 치료해도 딸의 두려움을 없애지 못한 것처럼 가족이 치료를 해도 아이들은 무섭다.

"치료 금방 끝나요."는 진짜이기도 하지만 거짓말이기도 하다. 아이에겐 긴 시간일 수 있기 때문이다. 심하게 무서움을 참지 못하는 경우라면 소아 치과에서 진정요법을 시행하여 치료하는 것이 바람직하다. 우리에게 쉬운 것이 아이에게는 오줌 쌀 정도로 두렵고 넘기 힘든 것일 수 있다.

치과 치료 중 눈과 손과 심장이 모두 편안하려면 치과에 자주 가서 건강한 곳과 아픈 곳을 적절하게 구분해주고 치아가 잘 썩지 않는 환경이 되려면 어떻게 해야 할지 아이가 스스로 인식하도록 도와줘야 한다. 아이에게 좋은 기억을 많이 만들어 줄수록 아이는 입도 더 크게 벌려주면서 치료자의 손길을 기꺼이 받아들인다.

"농구하다가 다친 치아는 그 뒤로 괜찮니?"
"저번에 시리다고 한 치아, 아직도 시리니?"
"햄버거 먹다가 떨어진 부위 다시 햄버거 먹을 때마다 신경 안 쓰이니?"
"선생님이 지나가다가 너 닮은 인형이 있어서 챙겨두었어. 이따가 가져가라."
"엄마는 교정해주고 싶어하는데 너는 어떻게 생각해?"
"앞니가 올라오는 속도가 달라서 하나만 먼저 쭉 올라왔는데 이상한 게 아니야. 치아마다 올라오는 속도가 달라서 그래. 기다리면 될 거야."

아이들의 구강 환경을 지켜야 하는 치과의사지만 병원에 오는 아이들에게 사탕 같은 단 간식을 줄 때도 있다.

치료도, 아이에게 해줄 말도, 건네는 작은 선물도 조금씩 달라질 수밖에 없다.

어른을 치료하는 세계에 비해 아이들의 세계는 변화가 많고 생명력이 넘치며 가능성이 무궁무진하다. '치료를 못할 텐데.'라고 예상한 아이가 잘하기도 하고 치료를 잘할 거라 기대한 아이가 못하기도 한다. 아이들은 말이 많고 울음과 웃음이 많다. 치료가 끝나고 뛰어나가는 아이들 뒷모습을 쳐다볼 때가 있다. 치료할 때 많이 아팠나 싶고 치료가 끝나니 저렇게 신나서 뛰어가는 건가 내 얼굴은 미안한 표정이 된다.

치과가 무섭다는 생각이 어릴 때부터 박히지 않았으면 좋겠다. 한번 생긴 생각은 그다음 생각을 그쪽으로 몰아간다. 엄마는 "오늘 온 김에 흔들리는 거 다 빼고 갔으면 해요."라고 하지만 "너는 몇 개 생각하고 왔어?"라고 아이에게 물어볼 때 "하나요."라고 말하며 자기 의견을 치료 과정에 반영할 수 있다고 믿게 했으면 좋겠다. 치료할 게 하나도 없으면 그냥 칭찬만 듣고 가도 좋은 치과로 기억되면 정말 좋겠다. 나중에 내게 치료받은 아이들이 커서 "치과는 무섭지 않던데. 말이 많은 선생님이 자꾸 뭘 물어봐서 기계 소리보다 더 시끄러웠어. 질문 많이 하는 선생님 때문에 귀찮은 곳이 치과였는데 그래도 난 치과 괜찮았어. 엄마는 매번 썩기 전에 가야 한다고 3개월마다 가게 했었어. 그래서 주사 맞기 전에 미리 다 치료했던 것 같아. 난 치과가 귀찮긴 했지만 무섭지는 않았어."라고 말해주면 좋겠다.

가운을 찢어버리고 싶을 때

가운을 입어야 일하는 내가 된다.

엄마가 가장 좋아하는 내 모습은 의사 가운을 입을 때
일 것이다. 치의대 본과 3학년 때, 병원 임상을 시작하
고 처음 엄마에게 스케일링을 해주기로 하고 병원 정문
에 도착하면 연락하라고 했던 날이었다. 내가 하얀 가
운을 입고 맞이할 때 너무 보기 좋았다고 했다. 엄마를
향해 걸어오던 내 모습을 하얗게 아주 하얗게만 기억하
고 있었다. 그때 내가 입은 가운엔 라면 국물, 휴게실에
서 자다가 구겨진 자국이 그대로 있었을 것이다. 병원
의 찌든 생활이 온통 가운에 주름으로 남아 있었을 텐

데 엄마의 기억은 달랐다. 처음으로 의사다워 보여서 놀랐다고도 했다. 아직 의사가 아닌 학생도 가운을 입으면 의사로 보이는 건지. 의사 가운은 이렇게 부모를 기쁘게 하고 의사로서 권위를 지켜주기도 하지만 종종 편견에 가두기도 해서 답답할 때도 많다.

가운은 자랑이기도 하지만 시간이 갈수록 내겐 의무로 다가왔다. 그 하얀 천으로 진짜 나를 가리고 단정하고 책임감 있는 나로 바뀌어 일터에 존재해야 했다. 환자가 직장 마크가 그려진 특정 옷을 입고 오면 이 사람도 '단체에 속한 나'를 벗지 못하고 온 것 같아 동질감을 느낀다. 유니폼을 입고 일하는 사람처럼 나도 가운을 입고 벗어야 일하는 하루를 시작하고 마칠 수 있다.

여러 관문을 어렵게 통과한 후 학교 밖에서 의사 가운을 입기 시작한 날을 기억한다. 학생 때 실습하면서 입었던 것 말고 병원을 돌며 임상 실습을 시작하면서 흰 가운을 처음 입게 된 날이다. 축하받고 파티를 할 만큼 기쁜 날이다. 가운을 보관할 개인 캐비닛이 병원 안에 생겼다. 그곳에 일상복을 벗어두고 걸어놓은 가운으로 갈아입었다. 병원에서 임상 실습을 마치면 아무리 힘들어도 다시 그 캐비닛 안에 가운을 걸어두고 집에 갔다. 땡땡이치던 친구도 급하게 출석 체크를 할 때면 "내 캐비닛 열려 있을 거야. 거기 가운 좀 가지고 와주라. 나 바로 갈게."라며 가운을 입고 병원 안에 나타난다. 그렇게 조금 전까지 일한 것처럼 속일 수 있는 게 가운이었다.

여학생들만 쓰던 탈의실이 있었다. 우린 거기에 모여 삼삼오오 앉아 수다를 떨었다. 하루를 정리하고 가야 하는데 너무 피곤해서 쓰러져 있기도 했다. 친구들은 그곳에 놓인 소파 위에 가운을 입은 채 잠들기도 했고 나중에 끝나 같이 갈 친구를 기다렸다. 가운을 입고 벗었던 그 공간은 우리 일상을 시작하고 마쳤던 공간이 되었다. 입어야 하루를 시작할 수 있었고 벗으면 쉴 수 있는 내가 되었다. 아무리 좋아하는 옷을 입었어도 병원에서는 가운을 입어야 했다. 가운은 내게 종종 가지 긴 싫고 버릴 순 없는 옷이 되곤 했다.

2002년 졸업 후 취업한 병원에서부터 2022년 지금까지 몇 개의 가운을 입었을까 생각해 봤다. 첫 직장에서 일할 때 받은 첫 번째 가운은 핑크색이었다. '치과의사 하혜련'이라고 적혀 있는 그 옷은 흰색이 아닌 핑크 빛깔이란 사실만큼이나 엄청 어색했고 내게 어울리지 않는 것 같았다. 그 후로는 쭉 흰색 가운을 주로 입었으니 첫 번째 가운이 핑크색이었던 게 괜찮은 경험이었던 것 같다. 그 뒤로는 거의 비슷한 디자인에 길이가 짧으냐 길어지느냐, 두께가 얼마나 다른가에서만 차이가 있었다.

새 가운이 오면 입던 가운은 바로 쓰레기통으로 보내버렸다. 해진 가운을 다시 입을 일도 없고 간직하기에는 병원 옷장이 작다. 가운을 버릴 때면 그 가운을 몇 년 정도 입었는지 가늠해 보곤 했는데 입었던 시간이 길었다면 버릴까 말까 한참 고민을 했다.

가운 안에는 따로 반팔과 정장 바지를 갖춰 입는 것보다 운동복 입듯이 위아래로 맞춰진 수술복이 어느 순간 편안했다. 초록색, 파란색 수술복처럼 편안한 가운을 입기도 했고 좋아하는 회색 가운을 입은 적도 있다. 20년 넘게 일하면서 8~10개 정도였으니 2~3년에 한 번 꼴로 장만했던 것 같다. 가운을 입어야 일을 시작했고 한 번도 가운 없이 환자를 본 적은 없었다. '가운'이라는 사회적 의복을 입고 내 내면이 가려져야 객관화된 의사로서의 일하는 내가 되었다.

마종기 님의 시집 『천사의 탄식』을 읽어본 적이 있다. 2020년에 등단 60돌을 맞은 그는 5년에 한 번꼴로 시집을 낸 의사이자 시인이다. 그의 시를 읽다보면 죽은 동생, 부모님, 친구들의 이야기가 참 많다. 이번 시집에도 나이 들어 떠나보내게 되는 친구들을 향한 그의 마음을 여러 곳에서 볼 수 있었다. 특히 「노을의 주소」란 시에서 '그해에 내가 찢은 가운은 몇 개쯤 되었을까' 하는 시인의 고백이 와닿았다. 그는 마음속 탄식이 있던 날 나 대신 배 속에 고여 있던 것을 토해내려 찢었다고 표현했다. 힘든 것은 숨길 수 없다. 고통스러운 것은 찢겨져서라도 밖으로 나와야 몸이 살 수 있는 것 아닐까.

이 시를 읽었던 날 시인이 옥상에서 본 그 노을을 퇴근길에 마주칠 수 있었다. 그가 옥상에서 가운을 찢고 싶었던 그 마음이 일을 마치고 돌아가는 내 마음과 포개질 듯 느꼈던 어떤 날이었다. 나도 어쩌면 내 가운을 찢고 싶었는지 모르겠다. 마치 가운을 찢으면 일을 하지 않아도 될 것 같아서. 도망치고 싶은 마음에 자유를 줄 수 있을 것 같아서.

의사로서 살지만 사람들이 생각하는 것처럼 편안히 웃을 때보다 울 때도 많다. 앞에선 표정을 감추고 가면을 쓰고 있다가 일이 끝나고 가운을 벗어야 내 자신이 된다. 가운을 입지 않았더라면, 가운을 입지 않는다면, 나는 마음껏 소리를 지르고, 신나게 노래를 부르며 방황할 수 있는 집시 같은 존재가 될 수 있었을까. 가운을 입고서야 내 안에 요동치던 정열적인 속사람을 누르며 일할 수 있었다.

진료실과 원장실이라는 공간에서 꾹 눌려 있던 마음은 옥상처럼 예상치 못한 공간에서 풀리기도 한다. 의사가 '섧다'고 하면 사람들은 설마 의사가 그럴까 하면서 피식 웃을까. 의사란 직업이 늘 넉넉한 환경에 놓이는 것만은 아닌데. 자주 공허하고 외로운데 사람들은 잘 몰라준다. 마종기 님의 시를 읽으며 그 공간 속으로 잔잔히 퍼져가는 노을에 위로받았다. 시 한 편에 마음이 풀린다. 부서지고 약한 내 마음속까지 퍼져 들어오는 노을의 위로가 있기에 난 다시 가운을 입고 일터라는 공간으로 들어갈 수 있게 된다.

의사로서 부족함을 느낄 때 하얀 가운이 민망하다. 의사면서도 왜 모르느냐, 의사면서도 왜 책임지지 않느냐는 원망을 들을 때 가운을 벗고 자유롭고 싶었다. 상상 속에서 가운을 찢고 버렸다. 하지만 다시 일하려면 가운이 필요했으므로 현실로 돌아와 직원들에게 새 가운을 맞춰 입자고 말했다. 직원들과 팸플릿을 뒤적거리며 가을과 겨울을 지나 다가오는 봄까지 모든 계절 동안 우리에게 좋은 기운을 줄 수 있는 새 가운을 찾아보았다. 옛 가운이 찢어져도 새 가운으로 바꿀 수 있으니 늘 날 감싸고 힘을 주는 가운을 입으며 열심히 일해야겠다.

의사만 그럴까. 유니폼이 있든 없든 우리는 '책임감'이라는 사회적인 옷을 입고 일해야 하니까 말이다. 유니폼을 입은 자아와 벗은 자아가 모두 편안해지기까지는 마음속에서 늘 싸워야 하겠지만 주거니 받거니 함께 잘 살아보고 싶다.

어떻게 쉴까요

당신은 어디서 쉴까요?

전 하루 중 자주 책상에 엎드려 쪽잠을 자는 편이에요. 소파에 누워 잘 때도 있어요. 한번 잠들면 꽤 오래 자버릴까 봐 알람을 맞추지만 반쯤은 잠들지 못해요. 어디선가 걸려오는 전화나 메시지들이 있을 수 있잖아요. 책상에서 잠들 땐 발바닥이 땅에 붙어 있고 소파에서 쉴 땐 발바닥이 바닥에서 떨어져요. 그게 제일 큰 차이죠. 중력과 반대 방향으로, 잠시 90도로 누운 몸은 짧은 시간이어도 회복력이 커요. 똑바로 살기 위해 애쓰던 걸 소파에 누우며 잠시 놓아버려요.

역시나 그 잠시가 어렵네요. 누워 쉬던 내게 친구가 뭘 부탁해서 사진을 전송하는데 잘 안 가요. 쉬려고 누웠지만 일상은 그곳까지 따라와요. 우린 어디에서 어떻게 쉬어야 할까요? 어디에 숨어야 아무도 찾지 못할까요? 단 몇 분, 단 몇 시간만이라도, 내가 가장 편안해진 모습이 되고 그 모습을 보여도 괜찮은 곳이 있나요?

육체적인 노동 후에 쓴 에너지는 금방 알아채요. 마음은 어떨까요. 감정을 소모한 후에 우리가 쓴 에너지를 계산해 볼까요. 가족 생각에 쓴 마음은 200칼로리, 재정 걱정에 쓴 마음은 400칼로리, 친구 문제 고민은 200칼로리, 미래에 대한 불안으로 쓴 마음은 300칼로리. 당신이 오늘 쓴 마음은 도합 1100칼로리. 이제 합산해서 인지한 후에 1100칼로리 나가는 햄버거 세트를 먹어요. 소모되어 기운 없는 부분을 보충하려고 먹어보지만 일시적입니다. 먹어서 해결될 문제가 아니라 쉬지 못해서라면 쉬어야 해요. 내가 가장 편안해진 모습을 보여도 괜찮다 하는 곳에서요.

그리운 사람을 떠올려봐요. 신체 부위 중 타인의 눈을

가장 먼저 제 기억 속에서 끄집어내요. 그 사람의 왼쪽 눈. 특히 그 검은 눈동자 안쪽에 내가 맺혔던 때를 그리워하면서 잠시 머물러요. 그의 눈도 피곤이 가득하고 정신이 없지만 눈을 봐요. 잠시 그 눈을 점령해요. 살면서 나를 담을 곳을 찾지 못해 방황했는데 나를 담을 곳을 찾았어요. 내가 함께 살아가는 이웃과 사랑하는 사람의 눈동자에 담기는 존재임을 아는 순간 안도할 수 있어요. 내가 살 수 있는 곳, 잠시 쉴 수 있는 그 눈동자, 그 안에 날 숨겨둬요. 결국 삶을 살면서 살고 싶고 맺히고 싶은 곳이 당신의 눈동자 안이었네요. 그 속에 들어가 "날 찾지 마세요."라며 숨고 싶어요. 아주 가끔은요. 의사이자 엄마이며 중년 여자로서가 아닌 아주 작은 입자가 되어 가벼운 나로 맺히고 싶어요. 당신이 지금 보고 있는 바로 그 눈동자 안에.

지금 소파는 제가 고른 건 아니에요. 병원을 이전하는데 생각보다 인테리어 비용이 많이 들었고 병원에 필요한 세탁기와 의자와 탁자를 주문할 때였어요. 예상하지 않은 경비가 나가니까 부담이 돼서 원장실에 무슨 소파야 하면서 사지 말까 했죠.

그런데 인테리어 실장님이 전화해서 "원장실에 소파가 필요하죠? 작은 탁자도요. 그건 원장님이 직접 사실래요?"라고 물었어요. 지금이라면 "네. 제가 살게요." 하면서 원하는 소파와 의자를 샀겠지만 그땐 모든 게 귀찮고 만사 의욕이 없을 때였어요. "그냥 알아서 해주세요. 비싼 거 말고 단순한 걸로요."라고 말해버렸죠. 알아서 해달라고 말한 게 얼마나 두고두고 후회가 되던지. 내가 원하는 색깔의 소파, 내가 바라는 사이즈에 앉고 누웠을 때 좋은 느낌을 주는 소파는 직접 찾았어야 했어요. 다시 산다면 잘할 수 있겠지만 지금 있는 소파가 낡을 때까지 교체할 수는 없겠지요.

인생에서 소유했느냐 소유하지 않았느냐는 중요하지 않아요. 돈이 문제여서 사지 않았더라면 공간이 남았을 거고 필요하면 지금이라도 그 공간을 채울 수 있으니까요. 손님이 오면 앉을 곳이 필요하니 소파가 있어야 한다는 타인의 말을 듣고 서둘러 가격에 맞춰 주문한 소파가 지금 것이에요. 그땐 '결정하는 나'가 없었어요. 병원을 이전하는 상황 속에서 매번 결정하는 주체로서의 내가 아닌 타인에게 돈을 주고 그 사람의 결정을 따랐어요.

그러니 "알아서 해주세요."란 말이 얼마나 무책임한 것
인가요. 그냥 되는 건 없고, 내 욕구가 뭔지 궁금해하며
채워줄 수 있는 남도 없다는 걸 이젠 알아요. 내가 원하
는 걸 샀다면 이 소파가 아닐걸요. 그건 알 수 있어요.
인생에서 작은 것이든 큰 결정이든 주체로서 서 있어야
할 땐 꼭 "내가 할게요."라고 말하고 싶어요. 타인에게
"알아서 해주세요."란 말로 진짜 바라는 것을 버리고
싶지 않아요. 날 위해 찾아오는 기회를 놓치지 말고 움
직여요.

자신이 어떤 생각을 할 때 온몸의 기가 다 빨려버리듯
가장 약해지는지 아나요? 그런 감정의 소모가 큰 생각
은 언제 찾아오는지, 찾아오면 얼마나 머물고 떠나는
지, 괴롭히던 생각이 떠난 다음 난 얼마나 황폐화할지를
물을 수 있다면 그 후엔 스스로를 살피는 길밖에 없어
요. 매이지 않도록 하면서요. 어쩔 수 없이 그 소용돌이
한가운데에 잠시 있어야 한다면 잘 대면하고, 지나간 다
음엔 쉼이 필요해요. 잘 다독여야 해요.

내가 좋아하며 고른 소파에서라면 피곤한 육체를 더 잘 달래줄 수 있을 거예요. 달램이 곧 돌봄이고 스스로를 향한 사랑이니까요. 청량감 있는 음료수로 달콤한 당분을 즉각적으로 보상하듯이 내가 겪은 감정적 소모의 끝에서는 몸을 누이고 '쉼'으로 보상해주는 거예요. 그렇게 일과마다 '완료'란 깃발을 하나씩 꽂으면서 오늘의 잠자리에 들어갈 수 있다면 좋겠어요.

나의 차트 나의 vip 환자

치료하는 사람으로 사는 한 나는 매일 차트를 봐야 한다.

한 환자가 병원에 올 때 난 그와 내가 겹쳤던 시간 속에
서 이뤄진 이전 치료를 기억해야 한다. 지금 현 상황은
과거를 들여다봐야지 설명될 수 있다. 사람이 살아 있
는 한 '완료된 차트'란 없다. 사람은 풍화 작용을 거치듯
모든 것을 퇴화시키며 달라지니까 '바뀌어가는 차트'만
존재한다. 60대, 70대 그리고 90대에 이르기까지 노화
되어가는 전 과정이 치아에도 담겨 있다. 사랑니가 날
때 아프다고 했던 청년은 하나씩 하나씩 치아를 잃고
뺐던 자리에 뭔가를 해 넣으면서 노년에 도달할 것이

다. 변해가는 환자들처럼 치료자인 나도 계속 변한다. 오직 차트만이 기록된 그대로 존재하다가 내가 죽어 환자의 차트가 누군가에게 갈 수 없을 때에야 사라질 것이다.

"그 사람 하늘나라 갔어. 갑자기 많이 아프더니 나도 12월에 본 게 마지막이 돼버렸어. 죽기 2주 전에 통화를 했는데 사람이 정신이 왔다 갔다 하는 것 같더라고. 내가 누구냐고 물었더니 내 이름은 간신히 말해주더니 그렇게 가버렸어."

예전 송파동 환자가 정기 검진하러 와서는 우리 병원을 소개해준 분 이야기를 꺼냈다. 8월에 치아를 뺐으니 늦어도 10월쯤에는 임플란트 수술을 받을 거라고 생각했고 코로나며 여러 일들이 겹쳐서 못 오는 줄로만 알았다. 그가 죽어서 치료할 수 없는 곳으로 떠났을지는 정말 몰랐다. 16년 넘게 보아온 환자다. 아직 노화, 죽음과는 거리가 먼 나이였고 건강한 분이었다. 발치한 치아 부위에 염증이 많으니 조금만 더 기다렸다가 수술하자고 했다. 그러면서 우린 예전이나 지금이나 늙지 않고 비슷한 거 같다고 말하며 웃으면서 헤어졌는데.

본인 치료만 받던 그가 어느 날 부탁이 있다고 했다. 아들이 장애가 있는데 치료가 필요할 것 같다고. 그리고 아주 무더운 여름날 성인인 아들을 직접 업고 왔다. 근위축증이 있어 걷지 못했기 때문이다. 치과가 2층인데 엘리베이터가 없었기 때문에 30개 이상의 계단을 밟고 올라야 했다. 아들을 무사히 데리고 왔다는 안도감을 느끼면서도 그는 계속 나와 아들을 걱정하며 땀을 흘렸다. "괜찮을까요? 썩은 게 많지 않아야 하는데. 내가 양치해준다고 잘해왔는데. 이젠 내가 하는 걸 원치 않아서 안을 볼 수가 있어야지. 선생님이 한번 봐주세요. 미안해요. 어려운 일을 부탁해서."

지금처럼 간병인이나 돌봄 서비스가 활성화되기 전이라서 주변 도움을 받지 못한 그는 아들에 관해서는 자기가 다 책임지고 있었다. 슈퍼마켓을 하고 있던 그는 자기 치료를 위해서는 시간을 쉽게 낼 수 없었지만 아들을 위해서 그날 일은 아예 다 접고 왔다. 그는 가만히 있지 못하고 아들 쪽으로 내 쪽으로 오가며 여러 가지를 살피느라 바빴다. 무엇이 그렇게 미안한지 계속 미안하다고 했다. "미안해요, 선생님. 이렇게 어려운 걸 부탁해서 미안해요." 그는 잘못한 게 없는데도 얼마나 많이 미안하다는 말을 하고 살아왔을까.

아들은 장애가 있지만 머리가 똑똑했다. 그는 다 큰 아들이 혼자 남게 되었을 때 아빠 없이 스스로 할 수 있는 것이 많은 삶이 되도록 열심히 가르쳤다고 한다. 이렇게 빨리 자신의 삶이 정리될 줄 알았던 걸까. 그는 이제 하늘나라에서 편안할까? 다시 만날 수 없지만 그는 언제까지나 나의 vip 환자로 남을 것이다. 그에게서 받은 팥빵의 맛과 임신 막달에 받은 복숭아 맛도 잊지 못할 것이다.

사람은 떠나면서 자기 터전에 물건들을 남긴다. 화가는 그림으로 음악가는 음악으로 치과의사에게는 치료했던 환자 차트가 남지 않을까. 병원 이사를 하면서 차트를 정리한 적이 있다. 바삐 옮겨갔던 정신없는 시기가 지났음에도 어디에 놓일지 정리되지 못하고 다른 것과도 섞이지 못한 차트 하나를 발견했다. 동생의 치과 차트였다. 세월은 흘렀지만 사진 속 치아 모양은 그대로다. 구강 내 사진은 많은 것을 말해준다. 언제쯤 치료했는지, 내가 치료했는지 타병원에서 했는지 한눈에 알 수 있는 그 사람의 과거 시간이 놓여 있다.

물건을 끌어안고 우는 사람은 상실한 사람 대신 그 사람이 있어야 할 자리에 물건이 아무렇지 않게 놓여 있는 게 너무 슬프기 때문이다. 사람은 가고 없는데 저 물건은 왜 그대로인가. 물건을 쓰고 움직여줄 사람이 없다. 이 물건이 그 사람이었으면 좋겠다 싶어 물건을 품에 안는다. 물건엔 사람의 체취가 남고 기억이 서려 있다. 그였으면, 그녀였으면 좋겠다는.

동생이 남긴 차트 한 장이 마치 동생처럼 느껴진다. '여기에다가는 멋진 임플란트를 넣어주면 좋겠다. 여기 염증은 더 커지지 않았을까.' 동생 입안에 내가 할 수 있는 치료를 그 당시엔 다 해주지 못했다. 미처 다하지 못해, 기회를 잡지 못해 미완료된 상태로 남겨진 빈 공간은 내가 평생 고쳐줄 수 없는 상태로 남아 있을 것이다. '언젠가'는 치료해줄 기회가 있고 '곧' 치료할 환경이 될 거라 생각하고 적당히 미루는 게 대개의 삶이라지만 시간은 한정되고 인생은 기회를 쉽게 주지 않는다.

딱 그날, 딱 그때, 내가 동생에게 했어야 할 의무가 있었다. "나중에 할게, 나중에 해줄게." 라고 우리가 서로에게 약속으로 당부했던 것이 이제 아무 소용이 없다.

살다보면 나를 기억하는 그 한 사람이 너무나 고맙다. 잊지 않고 안부 인사를 해준다거나 내 걱정했다고 말해주는 사람에게 기억되는 내가 좋다. 이 병원 저 병원으로 옮겨 다니지 말아야 할 이유는 내 치아의 변화가 꾸준히 기록되고 있고 그 변천사를 함께 기억하는 대상이 그 한 사람이면 충분하기 때문이다. 당신의 치아를 기억해주는 치과의사가 있다면 그는 당신의 치아와 더불어 당신 존재 전체를 기억해주는 사람이다. 특별한 경우가 아니면, 치과의사를 잘 바꾸지 않으면 좋겠다. 그 의사가 은퇴하기 전까지 당신을 잘 기억할 수 있는 기회를 주길. 우린 치아를 매개로 서로를 동시에 기억하는 사람들이 될 수 있다. 내 인생에서 미완료된 차트보다는 '완성해가는 차트'가 더 많이 남기를 바라는 것은 불가능한 일이라도 과한 기대가 아닐 줄 믿는다.

우리 함께 치아를 기억해요.

우리가 잘 기억할 수 없는 것들은 차트가 말해줘요.

당신이 내게 했던 말들, 내가 했던 이야기들은

차트라는 저장고에 기록되어 있어요.

서로에게 vip란 호칭을 앞에 붙여주면 어떨까요.

한번 차트에 기록되면, 그 순간 기록됨으로써

우리 만남이 차트에 적혀 있다면,

당신은 이곳에 없어도 영원한 내 vip 환자.

이곳에 없어 치료할 수 없게 되어도

당신에게 영원한 당신의 vip 치과의사.

우린 그렇게 될 수 있을 거예요.

드뷔시의 달빛을 품고서

하나의 직업을 갖고 적지 않은 연수를 쌓았다.

치과의사가 된 게 스물여섯 살이고 그해부터 일했으니 20년 이상을 치과의사로서 살았다. 처음 서울에 올라왔을 때에는 큰 개인 병원에서 페이 닥터로 일하다가 생각보다 빨리 개원을 했다. 진료에 대한 주도적인 결정권을 갖고 싶은 것이 가장 큰 이유였다. 환자에게 더 가까이 다가가고 싶은데 그러기 힘든 구조였던 것도 사실이고.

지금 나는 한 작은 병원의 원장이다. 내원 환자 수는 많지 않다. 환자를 기다리며 보내는 내 일상의 시간 속에서 기다림은 더 길어졌다. 코로나 시기를 거치며 정기 검진하러 와야 할 사람들조차 감염될까 치료를 미뤘다. 이런 현실 속에서 감사한 것은 가족이 함께 오는 환자를 치료할 때이다. 가족이 함께 오면 난 그들에게 거리감 제로인 의료인이 된다.

겁 많던 아이가 모든 치료를 잘 참아내는 모습을 지켜본 엄마가 이번엔 자기가 사랑니를 뺐다. 어린 아들을 치료할 때마다 만나 이미 엄마와의 거리는 좁혀진 상태다. 친해진 상태라서 첫 번째 진료가 발치임에도 치료하는 의사도 치료받는 환자도 웃으면서 마칠 수 있었다. 가족 구성원의 보호자로 얼굴을 이미 익혔기 때문에 긴장되는 치과 치료도 수월하다. 거리감이 이렇게 사라져버린 환자와는 모든 게 원만하다. 아내가 남편과 함께 오고, 딸이 아빠를 모셔 오고, 할머니가 손주를 데리고 온다. 어려운 것은 거리감이 없어질 때 쉬워진다.

일도 사람도 그런 것 같다. 상대방과의 거리를 잘 살필 필요가 있다. 상대는 어떤 위치에 나로부터 얼마나 떨어져 있는 걸까. 타인의 위치에 대한 평가 때문에 어떤 사람이 내게 더 다정하게도, 어쩔 땐 더 무심하게도 느껴지기도 한다. 우린 서로가 떨어져 있는 것에 대해 어떻게 생각하는지 자주 들여다봐줘야 한다.

비가 올 듯 말 듯 흐리기만 하다가 퇴근하는 길에 쏟아지기 시작했다. 엄마에게 전화할까 하는데 전화가 걸려왔다. 아는 선생님의 반가운 안부 전화였다. 2005년 송파동에서 개원했을 때 선생님들끼리 정기적으로 점심 모임이 있다고 해서 나갔다. 어색하게 앉아 있던 나를 향해 따뜻하게 웃어준 선생님 한 분이 있었다. 모임에서만 보던 그 선생님은 늘 밝은 이미지였고 그분이 입었던 파란색, 빨간색, 하얀색 옷의 이미지는 이상하게도 그분과 거리감이 있을 때조차 나를 끌어당기는 것 같았다. 우리가 갑자기 친해질 수 있었던 계기는 우연히 목욕탕에서 만나 가운과 옷을 벗은 상태에서 서로 때를 밀어줬던 순간이었다. 때가 벗겨져나가듯, 일상의 고민도 함께 나누며 씻겨갔다. 모든 걸 나눈 건 아니지만 지금까지 큰일이나 소소한 일까지 이야기했고 자주 연락하지 못해도 늘 가깝게 느껴지는 사이다.

통화하던 중 비가 너무 많이 쏟아졌다. 큰 빗소리에 목소리가 묻혀서 들리지 않았다. 퇴근길이었던 우리는 목소리 들었으니 됐다며 통화를 끝냈다. 잠시 나눈 인사에 마음이 따뜻해졌다. 그 선생님이 있는 송파동과 내가 있는 하남까지의 거리를 가늠해 본다. 서울과 부산 사이의 거리라든지 저기 남해에서 여기 한강까지의 거리를 단숨에 좁히는 것은 '가까이에 있다는 마음'이다. 힘들 때 달려와줄 것 같고 힘들 때 내가 거기로 달려갈 수 있을 마음 거리가 그 선생님에게는 아주 가깝게만 느껴진다. 안부를 물어보는 질문들에 꼭꼭 닫혀 있던 이야기들이 풀려나온다. "밥 잘 먹고 지내는 거야?"란 질문엔 왜 요즘 밥을 편안하게 먹지 못하는지 대답하고 "일이 복잡하고 힘든가?"란 질문에는 일이 아니라 마음이 힘들고 꼬인 것을 말하고 싶다.

알 파치노와 미셸 파이퍼가 나오는 〈프랭키와 쟈니〉란 영화를 보면 요리사 남자와 웨이트리스 여자가 한 식당에서 만나 일하는 장면이 나온다. 처음부터 적극적으로 다가오는 남자와 달리 여자는 도망치듯 계속 고통스러워하며 뒤로 물러선다. 왜일까? 즐겁고 좋으면 받아주면 될 텐데. 그녀에게는 과거의 사랑이 남긴 고통스러운 기억과 상처가 있다. 사랑 때문에 사람과 세상을 두려워하게 되었다. 임신한 아이를 잃고 머리에 상처를 입었다. 큰 흔적을 남긴 잔인했던 예전 경험이 현재를 살지 못하게 한다. 다가오는 것을 거부하고 스스로를 혼자 두며 상처받지 않는 삶을 살기로 했던 것이다.

그런 그녀가 거리를 좁혀가며 가까이 온 그에게 말한다. 마음을 닫고 그 누구에게도 말하지 못했던 자신의 가장 고통스러운 흔적을 보여주는 장면이 있다. 그녀는 자신의 머리카락 안 깊숙이 있는 상처를 그에게 보여준다. 가까이 앉아야, 가까이에서 이야기를 들어야만 알 수 있는 상처다. 그녀 스스로 드러내야 볼 수 있는 곳에 있는 상처는 카메라 화면도 보여주지 않은 곳이었다. 영화 후반부에 드뷔시의 〈달빛〉 음악이 흐르는데 남녀가 서로 가진 처지와 상관없이 완전하고 완벽한 사랑을 나누었다는 사실이 음악 안에 충분히 잠기는 것 같았다.

이 땅의 모든 사랑을 위해

남자가 말한다.

"지나갔어요."

여자가 말한다.

"영원히 남을 거예요. 아니 누구도 없어지게 하지 못해요."

남자가 말한다.

"그 사람은 이제 없어요."

여자가 말한다.

"두려움 속에 사는 데에도 질려버렸어요. 난 싫어요."

그들 사이로 음악이 흐른다. 공간과 시간을 잊게 하고 상처와 약속도 필요 없게 만드는 노래. 그게 드뷔시의 〈달빛〉이었다. 남자는 유머가 있는 사람이라 라디오 프로그램으로 전화를 건다. 같이 사랑하며 있을 때 나왔던 음악의 제목을 묻고 자신들의 사랑이 이 땅에 있음을 이야기한다. 그 후 달빛이 감싸는 듯한 음악이 흐른다. 그녀가 치유할 수 없었던 부분을 음악이 어루만져주었다. 그녀의 집을 나서려고 남자가 옷을 입는데 그녀가 양치질을 하면서 말한다.

"이 닦을래요?"

잘 지내고 있는가 걱정되어 비가 내리는 퇴근길에 전화해준 그 선생님의 마음에 내 목소리가 밝아졌다. 누구에게도 말하지 못한 비밀 같은 상처를 입 밖으로 털어내기까지 필요한 것은 그것이 숨겨진 곳으로 가까이, 더 가까이 물어주는 타인의 관심이다. 곁에 있어주리라, 응원해주리라, 다 지나가서 괜찮다고 거듭 말해주는 격려의 말은 언제 들어도 좋다. 우리가 달빛을 찾고 친구를 찾고 사랑하는 것들을 찾아가는 이유이겠지만. 서로를 가까이에서 지켜주기 위해 달려가는 것만큼 아름다운 것은 없을 것 같다. 달님 옆에서 달빛을 쐬는 것처럼 행복은 사랑하는 사람 곁에 머무는 것이겠다.

하지만 함께하는 사람끼리는 거리가 좁혀질수록 그 가까워진 거리에 주의도 해야 한다. 사람은 가까워지면 거리감이 사라지고 멀어지면 거리감은 늘기도 줄기도 한다. 일정치 못한 거리감은 사람을 불안하게 하고 상대를 믿지 못하게 한다. 달과의 거리처럼 사람과 인생에 대한 기대도 늘 일정함을 유지하면 좋겠지만 그렇지 못할 때가 많다. 달은 내가 좋다고 해서 더 가까워지지 않는다. 그 일정한 거리는 변함이 없다.

내게 처음 믿음이 생겼을 때 가장 기뻤던 건 믿음의 대상이 내 마음속에 들어와서 나랑 상관없이 언제나 내주한다는 것이었다. 창조와 심판의 조물주가 경계를 허물고 거리가 사라진 채 나를 감싼다는 사실이 믿어졌다. 삶을 살면서 그렇게 완전히 거리감이 없어진 대상을 믿고 살고 싶은 건 당연한 거 아닐까. 그렇지만 '어쩔 수 없는 것'들이 세상에는 더 많았다. 병원 일, 치과 일을 하면서 닥쳤던 많은 순간들은 내가 어찌할 수 없는 상황이 예상보다 더 많다는 걸 알아가는 과정이었다. 어려움 속에서 단 한 명의 환자를 볼 수밖에 없는 상황이 계속되더라도 나는 환자와 거리감을 좁혀가며 행복한 진료를 하고 싶다.

거리감이 사라진다면, 의사와 환자는 입장 차이로 대립각을 세우지 않고 치료라는 어려운 순간을 함께할 수 있다. 부부가 같이 오고 엄마와 딸이, 아빠와 딸이 같이 오면, 가족이어서 할인해주고 특별히 뭔가 더 잘 대해주고 싶다. 하지만 생각해 보면 우리 병원에는 그렇게 오는 분들이 많으므로 병원 살림이 거덜 날 것 같아서 그건 안 되겠다.

나뭇가지에 걸린 달을 보며 삶을 생각한다. 달은 묵묵히 나를 내려다본다. 달이 멀리 있어 서운한 게 아니라 일정한 거리를 두고 나를 감싸고 있는 거라 생각하며 하늘을 봐야겠다. 소중한 것일수록 너무 가까이 하면 깨진다는 어른들의 말이 맞을 때가 많았으니까. 내 곁에 다가오려던 사람이 깨져선 안 되니까. 그 거리에 서운함을 느껴서도 안 되겠다. 내가 미리 거리를 두고 걷는 지혜가 있었으면 좋겠다. 서로를 지켜주는 거리로, 서로를 안심시키는 거리만큼 떨어져서 말이다.

인생 마지막에 남길 가방 안에는

치과 기구가 담긴 가방. 난 그 가방을 들고 내 운명을 감당해가는 걸까.

어릴 적 집에는 아빠가 일하던 공간이 집 한쪽 구석에 있었고 다락방엔 아빠 물건이 보관되어 있었다. 나는 자주 아무도 모르게 살금살금 몇 개 되지 않는 다락방 계단을 오르며 불을 켰다. 어두웠던 공간에 있던 치과 냄새 가득한 기구들을 한참 동안 구경하며 놀았다. 노란색 불빛 아래서 날카롭고 특이하게 구부러져 있던 기구들을 만졌다. 그때는 그 기구들을 손에 쥐며 평생 일할 것은 몰랐겠지만 호기심 이상의 감정을 분명히 느졌었다. 결국 갖게 될 직업의 냄새를 미리 맡았던 걸까. 네날 통에 담긴 소독제 속에 있던 기구들도 꺼내 만졌다. 따뜻한 손 안에서 느껴진 차가웠던 금속 기구들은 발치할 때 쓰는 기구였다. 통증을 유발하는 치아를 없애기 위해 사용되는 도구지만 아이러니하게도 기구 모습이 사람들을 더 기겁하게 만든다. 나는 무섭지도 낯설지도 않았던 것 같다.

평상시 생활하는 공간이 일하는 공간으로 바뀌는 것을 종종 봤다. 생활 도구는 일할 때 필요한 물건으로 변모했다. 손님이 오시면 코를 푼 화장지가 있던 쓰레기통은 피가 묻은 화장지로 채워졌다. 쓰레기통은 물을 뱉을 타구도 되었다. 사람들이 다 가고 나면 쓰레기통은 더 많은 물과 붉은 휴지들로 채워졌다.

연장은 세월이 지나도 남는 법이다. 이젠 다락방에 채웠던 기구들의 이름을 다 알고 나도 비슷한 것을 가지고 있다. 아빠가 오래전에 쓰던 알코올램프가 내게 왔는데 병원에서 왁스를 녹일 때 쓰고 있다. 그 램프가 아빠 인생의 시간을 거쳐 내게 남았다는 이야기를 직원이 바뀔 때마다 한다. 아빠에게서 넘겨받은 램프는 내 은 퇴 시점에 내 인생과 함께 정리될 것 같다.

치과 기구가 담긴 가방을 생각한다. 현재 있는 곳을 떠 나 다른 장소에 가서 일을 하거나 전쟁이 터지거나 할 때 가방 안에 무엇을 챙길까 하는 상상을 해본 적이 있 다. 어딘가로 떠날 때 연장 가방을 챙기는 노동자처럼 치과 기구 가방을 상상하는 것은 기구가 있어야 치과 일을 감당할 수 있기 때문이다. 일하면서 생기는 괴로 움이 더 많을 때 이 기술을 배우지 않았다면 난 편했을 까, 이 일을 할 줄 몰랐다면 괴로움이 내 인생에 없었을 까 생각하며 내가 속한 이 세계를 한탄하기도 했다.

그러면서도 머릿속으로는 가방 안에 무얼 넣을지, 무 엇을 넣어야 일을 할 수 있을지 목록을 챙긴다. 왜냐면 이 일 때문에 나는 나로 존재했고 사랑하는 가족과 친 구들과 선후배 치아를 치료하는 '이웃 치과의사'가 될 수 있었기 때문이다. 일을 감당하면서 내겐 이름과 역 할이 생겼다. '이웃 치과의사'란 단어는 내가 일로써 타 인을 도울 수 있고 타인 앞에 우뚝 설 수 있다는 뿌듯함을 준다. 일이 주는 슬픔과 보람을 양극단의 감정을 오고 가듯 다르게 경험한다. 고마웠다가도 밉고, 증오할 만큼 떠나고 싶기도 했다가 다시 일하고 있는 그 자체에 감사하는 감정의 순환을 반복한다.

"내게는 기구나 약이 없었다. 발치용 겸자 세 개, 메스 두 개, 검진 기구와 천공기 몇 개, 끌 한 개, 치석 제거기 두 개, 치근관 확공기 열두 개가 다였다. 내 드릴 중 몇 개는 천공기가 없으면 쓸 수 없는 것이었다. 나는 그것들을 모두 의무실에 두었다. 수용자들이 가장 많이 호소하는 것은 잇몸 통증과 출혈이었다. 기구들을 소독할 장비가 없었으므로 알코올에 불을 붙여 소독해야 했다."라고 치과의사 브로네크는 말한다.

그는 『아우슈비츠의 치과의사』란 책에서 자기가 포로 생활 때 지녔던 치과 기구가 담긴 가방에 대해 설명한다. 1919년에 태어난 그는 1949년 미국으로 가면서 벤저민 제이콥스로 이름을 바꿨다. 1941년 조국 폴란드 도브라에서 나치에게 끌려가 4년간 다섯 개 수용소에서 처참한 포로 생활을 했고 살아남았다. 그가 챙겨간 치과의사 가방에 있었던 치과 기구들은 수용소 시절에 치과의사로서 일을 할 수 있게 해줬다. 그는 매번 수용소를 옮길 때마다 초라했던 가방에 대해 "이건 뭐냐?"라는 질문을 받았다. "저는 치과의사입니다. 이것은 도움이 되는 기구일 뿐입니다. 저는 퓌르슈텐그루베에서 치과 기구들을 가져왔습니다. 만약 허락해주신다면 치통을 앓는 사람들을 도울 수 있습니다. 잘 아시다시피, 수용소장님, 저는 도망치지 않습니다."라고 간절하게 말했다.

지금의 나는 매일 출근을 하면서 내가 일하는 공간을 본다. 모든 것이 깔끔하게 갖춰져 있고 약속된 환자들이 오며 좋은 진료를 볼 수 있는 환경이 언제나 제공된다. 아무리 힘들어도 일하는 게 지옥이라 불릴 만한 것은 없다. 반면 안타까운 시대에 태어나 다른 운명을 겪었던 브로네크는 마취제 없이 몇 개 안 되는 기구로 아파하는 수용소 사람들의 치아를 빼주었고 아무리 역겹고 하기 싫어도 친위대원들이 시키는 대로 시체 더미 속에 웅크리고 앉아 죽은 자 입에서 금니를 빼야 했다. 그는 지옥 안에서 또 다른 깊은 지옥을 경험했다. 결코 타인이 알 수 없는 처참한 일을 해야 했다.

겨우 가로 2.5미터, 세로 3미터인 시체 안치소에 억지로 들어가서 아무렇지 않은 척 해봐도 그의 몸은 덜덜 떨렸을 것이다. 그는 모든 걸 무시하며 미처 눈도 못 감고 죽은 시체에서 금니를 뺐다. 지옥 같은 순간을 별일 아닌 척 보내야 했다. 그 임무에 사용된 기구들만 따로 붉은색 상자에 넣어두었다. 그것을 들고 시체 안치소로 걸어가도 사람들은 그가 치과의사니까 부과된 강제 노동을 하는 거라고 그 일에 대해 별 의미를 부여하지 않았다. 오로지 직접 시체를 대면하며 그 경험을 해야 했던 그만 고통스러웠다. 사용할 기구와 적출한 것을 담을 기구를 혼자 챙기는 브로네크를 생각하면 가슴이 저며온다. 그가 요리사나 재단사였으면 하지 않았을 일이다. 사람들은 다른 사람 몸에서 치아를 빼내는 느낌이 단순히 밭에서 무를 뽑고 머리카락과 옷감을 자르는 것과 어떻게 다른지 잘 모를 것이다. 그것도 죽은 사람 입 안에서 치아를 빼야 한다니. 그는 수용소에서 치과의사는 자기뿐이었으므로 결국 자기가 할 수밖에 없다는 것을 알았다.

어떤 일을 하면 일이 제공하는 운명적인 상황에 놓인다. 그 일을 하지 않았고 몰랐다면 경험하지 않았을 세계가 존재한다. 브로네크는 독일군의 치아를 치료해주고 빵을 얻었고 그것을 수용소 사람들과 나누어 먹기도 했다. 잘 치료해준 일로 아버지의 노동이 덜어졌고 노역 위치가 바뀌기도 했지만 죽은 사람의 입에서 금니를 빼는 비참한 일도 했다. 치과 기구를 갖고 있고 치과의사라는 사실 때문에 그는 더 비참한 것을 감당해야 할 위치에 놓였다. 여러 번 치과 가방 덕분에 생명을 지켰고 가방은 존재함으로써 그의 운명을 책임지는 듯했다.

일이 주는 괴로움도 있지만 일을 감당하면서 배워뒀기 때문에 운명에 도움받는 순간을 만나게 되지 않았을까. 1945년 아르코나 호에 타고 있었던 브로네크는 어뢰 공격으로 배에 불이 붙고 침몰할 때 죽을 뻔했다. 침몰하는 배에서 작은 보트에 옮겨 타야 살 수 있었다. "아무도 태울 수 없어. 이제 남은 자리가 없어. 꽉 찼다고."라고 누군가 소리쳤지만 그는 배를 향해 살려달라고 애걸복걸했다.

그때 누군가 말했다. "브로네크잖아. 치과 선생 말이

야. 한번 태워봅시다." 누군가 그를 보트 위로 끌어올렸다. 그는 그의 직업적 운명을 기억해준 사람 때문에 살았다. 사람들은 그가 치아를 치료했던 사람임을 알아봤다. 가라앉는 배에서 죽을 운명의 순간에 그는 이웃 치과의사로서 도움을 받았고 생명을 건졌다.

일을 하면서 누군가를 도와줬던 적이 있었기에 물에 휩쓸려 죽지 않고 타인을 돕는 운명으로 살아갈 기회를 다시 얻었다. 감당해왔던 짐 같았던 직업이 그를 살렸다. 그와 비교할 수 없는 평범한 나지만 현재 내 직업은 내 운명에서 헤쳐나가는 역할을 잘 발휘하고 있는 걸까.

일이 힘들어도 운명을 헤쳐나가는 데 도움이 될 만한 것이 그 안에 담겨 있음을 알아챘다면 일을 하면서 겪게 되는 어려움에 너무 큰 실망을 하지 않을 것이다. 내 일이 어느 순간 반전이 되어 견디기에 급급했는데도 행운이 생길 수 있고, 내가 죽을 수 있었는데 나를 살렸다고 말할 만한 일이 벌어질 수 있다. 죽을 고비에 비빌 언덕이 되는 경우도 있지 않겠는가.

치과 기구가 담긴 가방을 챙기던 그와 난 같은 치과의 사지만 다른 가방을 지녔다. 그가 살아남기 위해 기구를 챙겼다면 난 은퇴 후에 쓸 기구를 담아볼 것이다. 죽을 때 아무것도 가지고 가지 않으니 필요하고 쓸 만큼 모두 쓰고 남은 것이 있다면 다 나누어줄 것이다. 은퇴하게 되면 가방 안에 그리움, 성취감, 완성되었다는 느낌과 함께 쓰던 물건을 담고 싶다. 기구는 세월이 지나도 변하지 않을 것이고 퇴직하는 날 싸 둔 가방은 수년이 지나도 그대로일 것이다.

마지막 진료 날에는 가방 안에 기본 도구, 충치 치료 도구, 발치 도구와 마취제와 항생제를 넣겠다. 진료 도구를 둘 만한 작은 다락방을 마련해 보는 것도 좋겠다. 그 공간에서 그동안 보냈던 진료 생활을 되짚어보고 남은 내 인생의 시간을 통합하며 노는 것처럼 머물고 싶다. 일하러 가는 사람처럼 그 공간에 들어가 매일 소독하고 매일 만지작거리는 모습을 상상해 본다. 내 노년엔 치과 가방 옆에서 하루를 시작해야지. 금방이라도 가방을 열어 일할 사람처럼. 콜 받으면 대기하다가 튀어나갈 사람처럼 늘 일할 준비를 하고 있겠다.

내가 원하는 말년의 소망 목록. 작은 다락방과 가방 한 개, 그 가방에 담길 나의 연장들.

당신은 인생 마지막에 남길 가방 안에 무얼 담고 싶나요?

III 이토록 가까운 마음

'타임'을 외쳐요

어릴 적에 집보다 친구 집에서 놀기를 좋아했어요.

공깃돌들을 바닥에 쏟아놓고서는 모았다가 흩트리는 것을 몇 번씩 했어요. 무의미해 보이지만 나에겐 더없이 재밌었던 그 놀이는 담고 버리는 행위를 통해 중요한 걸 알려준 것 같아요. 모을 땐 최선을 다해 모으되 모은 것을 상황에 따라 다 버릴 수도 있어야 한다는 것. 계속 함께 놀려면 주변 상황에 나를 맞춰야 한다는 것도요.

배가 고파서 친구와 친구 언니랑 같이 무얼 먹어야 할 때는 그때까지 모으던 공깃돌을 다 버리고 자리에서 일어나야 했어요. 손에 쥐고 모으던 것의 최고 가치가 다른 것으로 전환되는 거죠. 배가 부르고 조금 쉰 후, 함께했던 멤버들은 다시 놀기 위해 자리를 잡아요. 다시 시작할 땐 좀 전까지 했던 것을 다 무시해야 해요. 점수 계산했던 것도 잊어야 하고, 잘 안 되었고 억울했던 것과 최고로 잘해서 모았던 것 모두 버려야만 새로운 시작으로 갈 수 있었어요. 배고프면 김에 밥을 싸 먹고, 친구 엄마가 주신 삶은 고구마를 까서 서로 입안에 넣어주고. 상금이 걸려 있는 것도 아닌데 밤이 올 때까지 놀았네요.

함께 놀기에 최고는 '눈 가리고 술래잡기'예요. 눈을 가린 술래가 좁은 방에서 키득거리는 소리를 따라 잡으려고 움직이죠. "잡았다."라고 외치며 상대를 움켜쥐면 이번엔 잡힌 상대가 술래가 되어 눈을 가리기 위해 수건을 머리에 둘러야 했어요. 이렇게 잡힌 자는 다시 술래가 되고 방금 술래였던 자는 풀려요.

장난치며 도망 다니다 문득 눈을 가린 술래가 볼 수 없을 거라 생각하고 놀리듯 가까이 다가가죠. 친구들은 제가 겁 없이 술래에게 다가가는 걸 보고 웃어요. 저러다 잡히지. 저러다 술래되면 어쩌려고 다가간대. 하지만 전 더 과장된 몸짓으로 다가가요. 웃음소리로 알아차린 술래가 갑자기 방향을 틀어 절 잡으려 해 준비 없이 장난치던 저는 상대 손에 걸려 잡히지요.

이제 제가 술래가 되었어요. 수건이 제 눈 위로 꽁꽁 동여매지고 앞은 아무것도 보이지 않아요. 나도 빨리 누군가를 찾아내 눈이 환해지면 좋겠는데, 발이 뜻대로 안 움직이고 모든 감각이 어둠 속에 갇혀 있어요. 키득거리는 웃음소리 쪽으로 움직이다 벽에 부딪히고 바로 앞 가까이에 있는 사람도 잡지 못하고 걸려 넘어져버렸을 때, 바보가 되어버린 그 순간. 그때 다치거나 힘들면 외치는 단어가 있어요. 바로 타임time이에요.

"타임~ 타임~!" 외치면 잠깐 숨 돌릴 기회가 생겼어요. 술래여도 어려운 상황이 되면 외칠 수 있는 그 단어를 외쳐서 쉴 수 있어요.

타임을 외치고 일정 시간이 지나면 다시 수건을 동여매

고 숨은 사람을 찾아야 했죠. 타임은 쉬는 시간을 잠깐 허락한 거지 술래 역할에서 빼내는 건 아니에요. 하지만 타임을 외치고 수건을 걷어낸 짧은 시간 동안 저는 방의 구조를 살피고 외워뒀지요. 그때 책상 밑에 숨어 있던 사촌동생도 파악했고 책상 위로 올라가 구석에 숨은 친구도 파악해서 거기까지 몇 걸음인가도 계산해뒀어요.

"다시 시작~." 하는 순간 잽싸게 보아둔 곳으로 달려가 친구를 잡았어요. "나 잡았다. 이제 너 술래." 잠깐이나마 수건을 걷어내고 내가 느꼈던 공간 감각은 그 후 눈을 가려도 빨리 상대를 붙잡게 해주었고 술래에서 벗어나자마자 "나 그만 할래." 하고 쉴 수 있게 했지요.

살다보면 항아리가 뒤집힌 것 같은 인생의 순간이 있어요. 안에 있는 것이 다 쏟아지며 빠져나와 속상한데 할 수 있는 것이 없을 때요. 그럴 때 타임을 외치고 잠시 쉰 다음 살펴봐도 좋아요. 저에게 '타임'은 의미가 뒤집히는 시간이었어요. 다 쏟아져 텅 비었을 거라 여긴 항아리가 마치 마술에 걸린 것처럼 잃어버린 것과는 다른 것들로 채워져 있었어요. 인생이 술래잡기처럼 간단하진 않겠지만 힘들고 더는 못하겠다는 마음이 들 때 나를 다독일 수 있는 타임을 가져봐요. 그 순간 만큼은 "아무것도 하지 않아도 돼."라고 말할 수 있으면 좋겠어요. 나 혼자 사는 세상이 아니기에 주변 사람에게도 알려야겠지요. 그래서 "타임!" 하고 외쳐요. 뛰고 달리고 바쁜 시간 사이에 잠시라도 타임을 외칠 수 있고 그 '타임'으로 회복된 마음의 힘을 찾을 수 있다면 좋겠어요. 아프고 지친 곳에서 조금 더 뻗어가려면 우리 그렇게 해봐요.

피 보는 삶

빨간 피는 내게 익숙하다.

치과 치료를 하다보면 피 보는 치료가 상당히 많다. 피를 내면서까지 치아를 뽑아야 하고 흐르는 피를 잘 처리해야 다음 단계로 갈 수 있다. 처음에는 달아나고 싶을 정도로 두려웠다. 구강외과 시간에 사랑니를 뽑아야 하는 실습 시간표가 각각 날짜별 시간별로 공지가 되자 얼마나 떨렸는지 모른다. 머릿속으로 능숙하게 잘 빼는 상상을 했다. 몇백 번을 미리 생각해 봐도 못 할 것만 같았다. 처음으로 치아를 뽑았던 날, 그날의 긴장과 풍경은 지금까지 생생하다. 발치를 끝낸 친구들은 사라졌고 시간이 흐를수록 남아 있는 사람들이 줄어들면서 내 머릿속은 하얘지고 땀이 났다.

첫 발치를 겨우 마친 난 다리가 떨리고 심장이 빠르게 뛰어 친구들이 기다리는 강의실로 바로 가지 못했다. 건물 한쪽 구석진 자리에 쪼그려 앉아 좀 울었다. 내 일이라는 것이 싫어도 피를 봐야 하며 치아를 '뽑아내는 일'이란 걸 처음 자각했던 순간이었다.

의사는 환자가 가진 조건에서 도망치지 말고 용기를 내고 끝까지 책임지는 것이란 말이 있다. 그때까지의 나는 그 말 속에 수없이 피 나는 상황을 넘어서야 한다는 뜻이 숨어 있었던 걸 몰랐다. 첫 발치를 할 때 누군가의 입안에서 치아를 빼내는 느낌이 섬뜩했다. '피 보는 일'이 내 속사람의 결과 너무 다른 걸 본능적으로 알았고 피를 봐야 사는 인생이 두렵고 싫었다.

그런데 인생이 재밌다고 여겨지는 것은 그랬던 나도 바뀐다는 점이다. 초보 운전 시절 사람이 조마조마하게 운전하다가 세월이 쌓여 새로운 길도 척척 가고 거칠게 변하기도 하는 것처럼. 내게 주어진 일을 꾸준히 하다 보니 그 일을 감당할 내가 되어 있었다. 주어진 일이 너무 크게 느껴져서 내 능력 밖이라 도망가고 싶어질 때마다 아무것도 몰랐지만 발치라는 것을 처음 해내야 했던 날을 떠올린다. '그때도 했었는데.' 하는 마음은 현재 일어난 일을 넘어서게 한다. 일을 지속하면서 일을 감당할 능력이 점차 갖춰져갔다.

미적대고 피하는 사람보다 무식하게 용감한 사람이 더 좋았던 것 같다. 내가 더 용감해지기를 바라며 일했다. 대면하게 되는 피를 더 열심히 들여다보려고 했다. 잇몸에서 나는 피가 자연스럽고 예쁜 색이라고 느껴질 때까지 피 보는 것을 좋아하려고 했다. 몰라서 어려운 것보다 아픈 일을 겪더라도 대면해 알아가는 삶이 나으니까. 이젠 20년 넘게 일해서 피를 보는 것이 내 삶이라고 당당히 말할 수 있게 되었다.

사실 말처럼 쉽지는 않았다. 과정이 있었으니 해내야 했지만 난 자주 불평하고 도망가길 꿈꾸었다. 다른 길이 있는데 선택하지 못한 거 아니냐고 스스로 타박도 했다. 내가 세상에서 제일 못 빼는 거 아니냐고, 내 능력이 부족해 두려워하는 거라고 자책의 말도 했었다. 하나의 치아를 빼는 일일뿐인데 피 내지 않는 삶을 살고 싶었던 '내면의 나'와 빼야 하는 '현실의 나'는 자주 충돌했다.

그래도 피가 그냥 물처럼 느껴질 때까지 그 상황을 받아들이고 그날 일을 하고 또 하고……. 피 냄새가 공기의 한 층으로 인식될 때까지 일했다. 지금까지 내가 봐야 했던 피의 양은 엄청날 것이다. 발치 후 환자 입안에 지혈제를 묻힌 거즈를 누르며 20분이고 30분이고 피가 멈출 때까지 누르다 손이 부르르 떨리기도 했다. 발치를 하다가 예상하지 못한 강한 출혈이 생겨도 당황하지 않고 지혈을 시켜가며 치아를 뺐다.

처음 수술할 때의 느낌을 남겨놓은 오래된 메모지 몇 개를 발견했을 때 직원과 함께 보면서 웃었다. 메모엔 경험하지 못한 치료를 처음 해가면서 드는 느낌을 적어두었는데 어색한 고백 같은 말들이었다. 나도 나를 달래가며 일하려고 무진장 애쓰며 적었던 것 같다. 피를 내면서 치아를 빼고 보철을 해 넣는 과정이 치료자인 내게도 어마어마하게 아프게 느껴졌던 시절을 지나 이젠 내 눈도 마음도 피를 내야 했던 모든 순간이 치료하는 과정임을 받아들인다. 지금은 예전처럼 적지 않는다. 처음에 진료 후 마음을 다잡기 위해 메모했던 그 많은 종이들, 손으로 적어가며 그 과정을 이해하려고 노력했던 마음이 종이와 함께 남아 있다.

그렇다고 모든 문제를 졸업한 인생은 아니니, 매번 또 그 자리에서 생겨나는 예상치 못한 어려움은 있을 것이다. 그래도 이젠 누군가 내 직업이 뭐냐 물으면 "피 보는 건데요."라고 자신있게 말할 수 있을 것 같다.

서투르고 느린 내가 그렇게 대답하기까지 20년이 걸렸다는 건 비밀이었다. 자꾸만 처음 발치했던 날로 마음이 간다. 내가 사랑니를 처음 빼는 날인 걸 알면서도 나의 평가를 위해 도와주러 온 환자가 누웠던 체어 쪽으로 다가가는 상상을 한다. 환자처럼 긴장해서 떨고 있는 그때의 내게 가서 귓속말을 헤주고 싶다. '걱정마. 잘 뺄 거야. 넌 곧 피 보는 삶을 네 삶으로 받아들이고 금방 익숙해질 거야. 결국 피 보는 삶을 잘살 거야.'

나도 아파서 그래요

환자를 치료하는 의사지만 내 몸 돌보는 걸 놓칠 때가 많다.

병원을 운영하다 보면 예상치 못한 사건이 늘 생긴다. 잘 작동되던 고가의 장비가 갑자기 고장 나거나 아끼던 직원이 그만두겠다고 한다. 열심히 치료했지만 결과가 좋지 않아 환자에게 컴플레인을 받기도 한다. 예민해진 내게 가족과 친구들은 별일 아닌 걸 쉽게 넘어가지 못하고 왜 그렇게 신경질을 부리느냐고 하지만 나도 아파서 그렇다.

환자는 통증을 가지고 병원 문을 두드리고 나는 아픈 치아를 치료하고 약을 처방하며 증상을 개선시킨다. 치과의사는 매일 누군가의 입안을 보고seeing, 돌보며 caring, 인격적인 치료personal treatment를 위해 모든 노력을 해야 한다. 이 모든 행위는 그만큼 신경을 많이 써야 하기 때문에 오랜 시간 좋지 않은 자세로 일하면 허리와 어깨와 목 주변에 만성 통증이 생긴다.

아픈 몸으로 일해야 할 때면 더 외롭고 아픈 걸 감춰가며 일해야 할 때 조금 웃프다. 그래도 만성 통증이 심각한 신호를 보내오기 전까지는 다른 병원을 찾을 생각을 못 한다. 어쩌면 일반 환자보다 의사들이 더 치료를 미루는지도 모르겠다. 아무래도 몸의 증상이 의심스러워 이대로 두면 큰일 나겠다는 마음이 들어서 옆 건물 병원에 검진받으러 갔던 날이다. 이 병원 직원이 우리 병원 환자라 아는 체를 할까 봐 신경이 쓰였다. 다행히 나를 몰라보는 것 같았다. 대기실에 앉아 방영 중인 텔레비전 드라마 한 장면을 무심히 보는 동안 직원은 차트를 만들고 어디가 불편한지 묻는다. 곧 진료가 시작될 것이다. 익숙한 순서다.

진료실 문이 열렸다. 나보다 열 살 정도 많아 보이는 여자 선생님이다. 이것저것 묻고 답했다. 내가 한 말들을 차트에 바삐 적는 선생님의 손을 보았다. 내 이야기가 적히고 있구나, 내가 아픈 것이 잊혀지지 않겠네. 통증을 알아주어서 속이 시원했다. 혼자 크게 생각했던 문제는 줄고 대신 내가 몰랐던 해결책과 방법이 생겼다. 짐 보따리가 가벼워지는 기분에 비로소 선생님을 보며 웃었다. 통증이 다시 나타나도 웃을 자신이 생긴 것 같았다.

진료를 마치고 나와서 신용 카드를 내밀었다. 선생님과 상담하는 그 시간만큼은 내 걱정거리와 거기서 파생된 통증까지 의사란 존재에 걸어두며 쉴 수 있었다. 내가 볼 수 없는 피부 밑 저 안의 장기를 초음파로 함께 보아준 선생님에게는 아낌없이 치료비를 드릴 수 있을 것 같았다.

"옆 건물 병원 원장님이시죠? 목소리 듣고 알아봤어요. 처음엔 몰랐는데 목소리가 익숙해 생각해 보니 원장님이더라고요."

"아, 모르시는 줄 알았어요. 진료 끝나고 인사하려고 했지요. 잇몸은 어떠신지, 검진하러 와야 해요. 코로나 심해져서 못 오시는 거죠?"
진료가 끝나자마자 나는 다시 환자에서 누군가의 입속 상태를 궁금해하는 의사가 되었다.

몸이 아플 땐 내가 알 수 없는 영역을 인정하게 된다. 의사지만 환자가 되어봐야 겸손해지고, 잊고 있던 치료하는 의미를 다시 찾는다. 고통이 찾아오면 힘들지만 병원 장비나 직원 문제를 잊고 아픈 몸을 챙기다가 다른 소중한 것을 알게 된다. 고통이 오면 정신을 바짝 차리게 되고 다른 걱정거리에서 느끼는 민감함을 벗을 수 있다. 고통만 남는 순간은 두렵지만 내게 필요한 순간이었다고, 어쩌자고 그런 순간이 왔을까 하는 것보다는 이럴려고 그랬구나 하는 이해의 순간을 선물처럼 만난다.

낯설고 아픈 것들이 지나면 내가 있는 자리가 소중해진다. 잃어버린 적이 있는 사람은 다시 잃고 싶지 않다. 지키고 싶다. 검진을 받아야 나도 정신 차릴 수 있다. 무너진 몸으로는 어떤 치료도 할 수 없다. 잃어버린 것 때문에 아프지 말고 오늘 건강을 위해 최선을 다해야 한다고 스스로 부담을 꽉꽉 줘본다. 딱 고만큼만 작은 몫을 지키고 싶어도 아픈 몸으로는 소용없으니 잘 돌봐야 한다. 링에 자주 올라갈수록 멍 자국이 많아지는 권투 선수처럼, 일을 하면서 더욱 예민해졌다면 일 때문에 얻은 평화롭지 못한 내 모습을 인정하기로 했다.

"정기 검진 시기 되면 잊지 말고 꼭 오세요." 환자들에게 하는 말은 내 몸에도 똑같이 해당된다고 중얼거리면서 그날 내 자리로 무사히 복귀했다.

사랑한다면

너무 오래 '아파하는 나'라도, '나아지지 않는 나'라
도…….

왜 나는 나아지지가 않는 걸까 / 오늘도 혼자 우울해하고 있
는 나인데 / 왜 아무도 알아채지 못하는가 / 나아지지 않는 날
데리고 산다는 건 / 아파하는 나를 또 달래줘야 하는 것도 / 나
아지지 않는 날 데리고 산다는 건 / 너무나 힘든 일인 것 같아
/ 너무나 외로운 삶인 것 같이 / 너무 난 외로운 사람 같아

인디 가수 밍기뉴의 노래 〈나아지지 않는 날 데리고
산다는 건〉을 들었다. 그 누가 대신해주지 못할, 내가

해야 할 유일한 일은 내가 마음에 들지 않더라도, 사는 게 힘들더라도 어떡하든 나를 붙잡아 살게 하는 일이라는 생각이 들었다.

그런 나를 깨우고 싶었다. 일으켜서 우선 울게 해주고 싶었다. 시간도 없었고 그럴 만한 장소도 없었는데 새벽이라는 시간과 장소를 발견했다. 새벽이라면 모든 게 가능할지도 몰랐다. 가져보지 못한 대상처럼 새벽에 일어나는 일은 그동안 내가 결코 해내지 못했던 일이었다. 새벽형 인간도 아니고 일주일 특별 새벽 기도도 다 채워본 적이 없었는데 작정하고 찾아간 새벽 시간은 누군가 날 기다려주는 느낌이었다. 내가 무얼 말하든 그 이야기를 끝까지 궁금해하며 들어주기로 작정한 한 사람이 날 기다리고 있는 것처럼, 달려가 만나야 할 이유가 있는 것처럼 난 매일 나의 블로그 '새벽나라'로 갔다. 나를 온전히 받아주는 것 같은 그 시간 덕분에 말과 이야기의 재미를 알아가고 글과 사랑의 힘을 다시 찾아왔다. 매일매일의 새벽 시간 덕분에 변화들이 생겼다.

2021년 1월 1일에 시작하며 내 자신과 약속했던 '새벽나라'는 2021년 12월 31일까지 빠짐없이 채워졌다. 하혜련이라는 이름 대신 리지임파워ridge empower란 새 이름으로 입장했던 시간이다. 인생이 코너에 몰리는 곳에서 스스로에게 힘을 쏟을 수 있는 자, 바로 '리지임파워'로 살고 싶었다. 전경린의 소설『내 생에 꼭 하루뿐일 특별한 날』에서는 마음을 누를 극진한 것이 없기 때문에 삶이 참을 수 없이 하찮다는 말이 나오는데 나야말로 삶이 하찮아지기 전에 내 마음을 누를 극진한 것을 찾은 것 같았고 이 소설에서 말하는 금기를 뛰어넘은 것 같았다.

1년 전, 2년 전의 나는 어땠을까. 한 장의 사진을 보며 생각했다. 이사 오기 전 집은 창밖으로 새 둥지와 주유소와 건너편 아파트들이 보였다. 새벽을 만나기 위해 부지런히 일어났던 나는 과일과 빵을 챙겨 들고 베란다 창문 앞 책상에 앉아 세상을 바라보곤 했다. 앉아서 창문 밖을 바라보는 것이 시작이었다. 새벽은 밝아오는 새벽빛으로 내게 조금씩 더 가까이 다가왔다. 새벽이 친구처럼 "너의 이야기는 너만의 것으로 특별하고 충분하니 너 스스로 잘 챙겨야 하지 않겠니?"라고 묻는 듯했다. 새벽과 나의 인연은 첫사랑이 시작되고 사랑이 이뤄져 매일 만나고 또 만나며 행복한 사랑에 빠진 연인처럼 일 년 내내 지속되었다. 사랑은 모든 걸 가능케 하는 거 참말 같다. 넋두리와 푸념으로 끝나는 날도 많았지만 그걸 기록해갔고 늘 만나면 이야기할 시간이 부족한 커플처럼 새벽은 내게 사랑이었다.

새벽을 통해 무언가를 이루지 않더라도 새벽은 새벽 자체로 좋았다. 깨어난 내가 무언가를 하면서 생명력을 찾아갔다. 듣고 싶은 음악을 고르고 책을 폈다. 새벽은 내가 책을 통해 집중해가며 머물고 싶은 장소를 찾게 해줬다. 좀 더 겸손할 것을, 진지할 것을, 내려놓기를 배워갔던 시간이지 나를 증명하기 위해 달렸던 시간은 아니었다. 처음엔 일어나는 것만으로 충분했고 10분이라도 더 시간을 늘리려고 노력했다. 다르게 존재하고 싶었다. 엄마, 아내, 치과의사, 누군가의 친구와 이웃으로서가 아니라 오로지 나로만 있을 수 있는 시간을 찾아낸 내 자신에게 고마웠다.

매일 쓰면 이미 작가라고 장난처럼 '하 작가님'이라고 불러주는 주변 사람들이 생겼다. 그들을 위로하고 함께 기뻐하며 스스로도 대만족인 글을 쓰고 싶었지만 난 글을 어떻게 쓰는지 알지 못하는 사람이다. 그냥 무작정 썼을 뿐이다. 고통이 차면 입으로 누군가에게 '말'을 건네야 하는 사람이어서 매일 이야기했다. 글을 쓰는 사람들의 세상은 내가 알지 못하던 세상이다. 내게는 평생 동경하는 마음의 대상이고 두려워도 사랑하고 싶은 세상이다.

새벽이 하루를 풍성하게 살도록 도왔다. 새벽에 충분히 놀았다고 여겨지면 하루 종일 병원에 매여 있어도 억울하다는 생각이 들지 않았다. 새벽을 온전히 지키면 하고 싶은 것을 다 하고 출근하는 것 같았다. 명징했던 새벽에 경험한 숱한 위로들이 내가 고민했던 고통과 불완전한 인생 이야기 위에 쏟아져 내렸다. 얼었던 마음이 녹는 것 같았다. 나의 첫 책 『떠난 너, 기다리는 나에게』도 그 결과물이다.

하루의 시작은 새벽을 누리기 위해 알람을 맞추면서 시

작한다. 모르고 살다가 알게 된 세계를 만나러 가며 놓치지 않고 싶다. 초심을 절대 잊고 싶지 않다. 불가능하고 답답한 것들만을 열거하면서 24시간을 보낸다면 마음은 더 무거워질 것이다. 내게 주어진 소중한 두 시간을 하고 싶은 대로 하며 붙잡고 싶었다. 처음엔 필수 시간으로 만들기 위해 약속을 지켜야 하는 사람처럼 달렸다. 이젠 새벽을 찾아 따라가면 그것만으로 충분하다. 일상의 시간을 살며 서럽고 외로웠던 것을 그리운 사람을 만나 키스하며 모든 것을 풀어내는 사람처럼 새벽을 만나 토해냈다. 사랑하고 사랑받고 싶어 움직였던 나는 새벽 시간의 위무를 충분히 받았다. 나는 말했고 새벽은 받아주었다.

새벽을 사랑한다. 사랑이 무엇인지 묻는다면 '머무는 것'이라 답하련다. 사랑은 특권이고 약속이고 책임이다. 사랑한다면 해낸다. 사랑한다면 움직일 수밖에 없다. 사랑은 늘 사람을 꿈꾸게 하고 현재 하지 못하는 것보다 그다음 할 것을 설레며 계획하게 한다. 좋아서 머물렀다가도 떠나고 싶게 밉고 싫어질 수 있다. 사람이, 사랑이 그럴 수 있다. 우악스럽고 변덕스럽게 느껴진 사랑으로 죽을 것 같다가 끔뻑 살아나기도 한다. 하지 않았다면 몰랐을 사랑처럼 '새벽나라'는 내게 그렇다. 내 때깔이 좋아지는 그 시간을 놓칠 리 없다.

지금의 내가 앞으로도 크게 바뀔 일은 없을 것 같다. 그러니 읽고 쓰고 사랑하는 수밖에. 아무 일도 생기지 않고, 바라는 일이 일어나지 못해도 불가능 앞에 좌절하기보다는 그 쓰라림을 인정하고 내가 할 수 있는 것을 찾아 즐겁게 해보기로 했다. 그렇게 나와 '새벽나라'는 내가 찾고 기다리는 이유가 있는 한 함께일 것이다. '잘 기다려볼게, 잘 참을게, 언제나 다시 해볼게.'라고 날 토닥이며 오늘도 내 사랑만큼 귀한 새벽 사랑을 만나러 일찍 출동해 본다.

어떤 손

손과 손톱을 자주 다친다.

치과의사로 살아온 지 20년이 넘었다. 손톱 끝은 잘 갈
라지고 사용하는 도구에 부딪혀 망가지기 쉽다. 장갑
을 끼어 손을 보호하려는 노력에도 손톱은 늘 까져 있
다. 다른 여성처럼 화려한 색이나 원하는 색깔로 손톱
을 칠하거나 꾸며본 적이 없다. 치료가 끝날 때마다 손
에 물을 묻힌다. 매번 손을 씻는 직업이라 내 손은 항상
건조하다. 그래도 누군가에게 내 손을 맡겨 관리를 받
아야겠다는 생각은 못 했다.

언젠가부터 점심에 도시락을 싸고 그 대신 일정 비용을 떼어 모은 돈으로 만년필을 샀다. 한번은 원장실에서 잉크병을 찾았는데, 절반 정도 남은 잉크를 옮겨 담기가 좀 어려웠다. 설마 했지만 병을 놓쳐 엎질렀고 두 손은 온통 검정 잉크로 물들었다. 수세미로 문질러보았지만 손톱 밑으로 들어간 잉크가 유독 지워지지 않았다. 땟국물처럼 끼어버려서 손이 지저분한 사람처럼 보이는 게 여간 신경이 쓰이는 게 아니었다. 누군가의 입안에 들어가는 손이기 때문에 더욱 그랬다.

혼자 열심히 지우다가 안 될 것 같아서 근처에 있는 네일숍에 갔다. "저, 기본만 할게요." 손톱이 깨끗해지기만을 바란다는 뜻이다. 옆에는 머리끝부터 신발까지 완벽하게 꾸민 아주머니가 앉아 있었다. "난 여기 단골인데. 아마 20년은 되었지?"라고 했다. 손과 손톱을 매주 한 번씩 관리받으러 온다는 그녀는 이곳에 오는 즐거움을 위해 겨울에 감기에도 걸리지 않도록 노력하고 주의한다고. 자기는 여기 와서 관리받는 이 시간이 없으면 못 산다고 했다. "대단하신데요. 그래서 그런지 손이 정말 촉촉하고 달라 보여요."라고 반응하는 내게 일흔이 넘었다는 그녀는 매주 오는 이곳이 자기의 진정한 쉼터라고 했다. 아무에게도 이해받지 못해도 그녀에게는 이 시간이 꼭 필요한 절대적인 시간처럼 보였다. 시간과 마음을 다해 손을 비롯해서 자신을 둘러싼 가족이나 환경을 정성껏 꾸미는 사람처럼 보였다. 자기 손 관리를 잘하니 구강 내 환경도 완벽하겠다란 생각이 직업병처럼 잠시 스쳤다.

그렇게 발길이 닿았던 네일숍에서 관리를 받으니 꽤 대접받는 기분까지 들었다. 사장님과 직원, 중년의 손님까지 유난히 즐거워 보이던 어느 날이었다. 나누는 이야기를 들어보니 손님이 명품 백 중 어떤 것을 1470만 원 주고 샀다는 이야기다. 명품 백에 대한 이야기를 언급하다가 사장님이 27년 소유한 명품 가방 하나가 창고에 있는데 어느 정도 가격에 팔릴지에 대한 이야기도 나왔다. 그런 명품의 세계가 있나 보다 싶어서 듣고만 있다가 서비스를 다 받고 일어서는 손님을 보았다. 그녀가 인사하려고 왼쪽으로 고개를 살짝 튼 그 순간 깜짝 놀랐다. 그녀의 왼쪽 어깨에서 손가락까지 옷 안에 있어야 할 형체가 느껴지지 않았다. 잘못 본 줄 알았지만 아니었다. 당연히 있을 줄 알았던 팔이 없었다. 당황

한 난 시선을 아래로 떨어뜨렸다. 그녀가 간 뒤 사장님에게 그녀 이야기를 들었다.

그 손님은 처음 가게에 와서 한 손만 네일 관리를 받아도 값을 다 내야 하는지 물었고 사장님은 그렇지 않다고 대답했다고 한다. 그게 인연이 되어 오랜 단골이 되었다. 그녀는 한쪽으로만 가방을 메야 하기 때문에 무겁지 않은 좋은 가방이 필요했다. 그러다가 명품 백 쪽으로 눈을 돌렸다고 했다. 이래서 사람 이야기는 끝까지 들어봐야 하는가 보다.

집으로 돌아오면서 만약 사고로 한쪽 손을 잃게 되면 나는 일과 사랑을 계속할 수 있는 사람인가 자문해 보았다. 고가의 가방을 쉽게 결제하는 화려한 귀족 같은 삶이 편해 보였고 내 인생은 결제 금액만 쌓여가고 풀리지 않는 것 같아 아이처럼 시샘했다. 내가 노예처럼 일에 속박당한 삶도 아닌데 말이다. 나한테 이미 있는 것을 소중하게 생각할 줄 몰랐고 나에게 없는 것을 더 크게 봤기 때문이다.

한 손을 움직이기 위해서는 손가락뼈 14개, 손바닥뼈

5개, 손목뼈 8개가 필요하다. 한 손당 27개의 뼈가 건강한 상태로 유지해줘야 움직이고 일할 수 있다. 그날 네일숍에서 그녀를 본 뒤에 불평이 하늘로 날아가버리는 것 같았다. 손톱을 가꾸러 갔다가 삶의 태도를 배우게 됐고 손의 귀중함을 새삼 깨닫게 되었다.

숍에서 나오면서 하늘을 향해 손을 쥐었다 폈다 하는 동작을 했다. 무담시 여러 번 했다. 그리고 더 높이 바라보았다. 하늘 한 번 그리고 나무 한 번. 높고 높은 하늘 아래 놓인 모든 나무들까지 속속들이 보려고 했다. 손이라도, 몸이라도 다쳐서 일을 쉬고 싶다는 속없고 치기 어린 예전 말들을 버리겠다는 마음이었던 것 같다. 나보다 잘나가는 사람을 바라보며 억울해하지 않고, 있는 두 손으로 힘껏 살리라. 그래야 편견을 가졌던 그녀에게도 덜 미안할 것 같았다. 힘껏 살자고 다짐했던 마음을 나무들에 가득가득 걸어두려고 가로수 길을 오래오래 걸었다.

당신 참 예쁘네요

"주렁주렁 약점 좀 달고 있으면 어때."

우린 살면서 그 누구에게도 입안 상태를 보여주고 싶지 않다. 입속 문제가 드러나는 걸 원치 않는 건 약점을 감추는 것과 비슷하다. "아 해 주세요."라고 말하면 가려져 있던 입속이 보인다. 치료는 아 하는 순간 시작된다. 약점 역시 들키고 터져 나올 때 낫기 시작하는 것이 아닐까.

불화나 갈등이 벌어지면 약점들이 극대화되어 튀어나오듯이 사람들도 극심한 통증을 느낄 때 치과의사를 찾고 치료를 하고자 마음을 먹는다. 살아오면서 방치하고 무시한 내 약점들은 주변 사람들을 아프게 하고 커져버렸다. 그 약점들 때문에 실패했던 기억들이 늘어갔다. 점점 엉망이 되어가는 입속 문제 역시 나중에 치료하겠다고 잠깐 미루어놓았을 뿐인데 모든 균형을 다 잃어버릴 수도 있다.

예전에 치료하다 그만두고 방치한 치아가 있을 수 있다. 치료하지 못하고 지나간 세월만큼 나빠진 흔적이 치아에 생겼지만 별일 없으면, 아프지만 않으면 그대로 살고 싶은 게 사람 마음이다. 치아를 빼고 해 넣지 않아도 당장은 괜찮아 보인다. 하지만 옆 치아들이 이동하는 변화는 어김없이 일어나고 스케일링을 받지 못해 쌓인 치석은 보이지 않는 공간으로 숨어들어 불가피한 변화들이 일어난다.

그러다가 갑자기 통증이 찾아오고 잊고 지냈던 치아가 유독 아프거나 흔들거려 무거운 마음으로 치과를 찾는다. '진즉에 할걸. 염증이 작을 때 치료할걸.' 후회하면서 도망갈 수 없는 순간이 찾아온다.

한 여성이 거의 모든 치아를 빼야 하는 상태로 찾아왔다. 아이들 키우고 살림하느라 자기 치아가 다 망가져도 치료할 기회를 찾지 못하다가 눈에 띄는 앞니 치아가 빠져버리니 치료 계획을 세워야 했다. 사람이 어찌해야 할지 몰라 내버려두었을 뿐인데 모두 다 잃게 될 때가 있는데 이 환자의 경우가 그렇다. 모든 치아들을 다 빼야 하는 상황. 한 개도 남지 않게 먼저 다 빼고 임시 틀니를 쓰며 충분히 적응하는 시간이 필요했다. 모든 치아를 빼면 주변 조직도 같이 꺼지기 때문에 노인도 아닌 중년 여성을 치료하며 변화를 지켜보는 마음이 좋지 않았다.

몇 번의 아픔과 낫기를 반복한 후 잘 웃지 못했던 그녀가 치료 후에 얼굴이 환해졌다. 여기저기 나쁜 지점이 있었던 입안이지만 치료가 되자 먼저 웃었다. 이야기를 잘 하지 않던 분이 자기 자랑까지 했는데 그게 참 예뻤다. "당신이 얼마나 예쁜지 알고 계세요?"라고 묻고 싶을 정도였다. 그녀는 중년에 어울릴 법한 아름다운 미소를 되찾았다. 요즘엔 활짝 웃으면서 셀카까지 자주 찍을지도 모르겠다. 우아하게 케이크도 스테이크도 맘껏 먹으며 살도 쪘기를 바란다.

갑자기 찾아온 통증은 참 고맙다. 아픔으로 파괴되고 있던 부분이 어느 순간 드러나는 이유는 그 부분부터 시작되어야 할 치료가 필요하기 때문이 아닐까. 어쩔 수 없는 통증 때문에 바쁜데도 치료하러 왔다는 환자에게 "아픈 치아 때문에 다른 치아들도 겸사겸사 검사하고 치료하게 되었으니 이번에 아픈 게 좋은 계기가 되신 겁니다."라고 말해준다. 아프기 전까지는 숨길 수 있었던 그곳이 아팠기 때문에 고쳐질 수 있었다. 아무 문제없는 사람처럼, 약점 하나도 없는 사람처럼 살고 싶은데 그럴 순 없겠지. 문제가 많은 입안이라고 치료를 못할 것도 없고, 약점이 많은 인생이라고 인생을 포기할 것도 없다.

선하고 아름다운 것을 쌓아가면 좋은 결말이 있으리라 예상하기 때문에 내가 가진 찌그러진 감정에서 터져 나온 고백들을 무시한다. 내가 잘살고 있다면 인생 살면서 주렁주렁 달려 있는 모자란 고백들은 하면 안 된다고 다그치기 쉽다. 열거할수록 많게 느껴지는 문제점들 때문에 오히려 치료할 마음이 들지 않는다. 많은 환자들이 치과에 자주 가지 않아 입안이 엉망이 됐다는 설명을 듣기 싫어 치과 검진을 미룬다고 한다. 이렇게 치료 시기를 놓쳐서 건강한 치아까지 지키지 못하는 것이 안타깝다. 건강한 치아들까지 치료 시기를 놓쳐 잃어버리는 것이 안타깝다. 우리에게 약점이 있다 해도 하나둘, 아무리 많아도 백 가지는 아니지 않는가. 사람 입안에 치아가 좌우, 위아래로 사랑니 빼고 28개니 30개를 넘지 않는다. 고치지 못할 만큼, 헤아리지 못하게 많은 문제는 아니다.

다른 사람들은 내 약점을 보고 도망가더라도 난 그것들을 지닌 채 삶을 잘 살아야 한다. 잘 살 수 있다는 자신이 생기면 통증이 오더라도 넘어서고 좋아질 수 있다. 나의 약점들을 내가 가진 좋은 점과 더불어 사랑하겠다는 다짐을 자주 해보려 한다. 더없이 소중하고 사랑하는 삶을 살 수 있는 건 우리의 연약한 점이 무시당할 때가 아니라 진심으로 인정받을 때이다. 나의 모자람과 연약함을 인정한다. 그리고 그 연약함 때문에 당신을 포함한 타인에게 사랑받을 거라고 믿고 싶다.

『아우렐리우스 명상록』엔 이런 말이 있다.

"오늘 나는 모든 괴로움에서 벗어났다. 아니 오히려 내가 모든 괴로움을 던져버렸다고 해야 할 것이다. 왜냐하면, 그것은 내 마음 밖에 있는 것이 아니라 내 마음 안에, 특히 내 생각 속에 있기 때문이다."

한때는 날 아프게 했던 생각의 패턴들이 없어진 줄 알았다. 꽤 열심히 밝게 지내는 동안 한 번도 나타나지 않았던 어두운 생각들은 몸이 약간 다운되면서 갑자기 다시 나타난다. 내가 전혀 변하지 않은 걸까. 마음속에 주렁주렁 달려 있는 약점들이 보이면 왜 그 하찮은 생각들을 떨쳐버리지 못한단 말인가. 사람은 그렇게 쉽게 변하지 못한다는 선인들의 말이 내게도 통해 절대 고쳐지지 않을 것만 같지만, 명상록에 있는 말처럼 던져버리면 없어진다. 단 하루만에도, 단 한 시간만에도 날 아프게 했던 문제들이 없어질 수 있다는 점을 되새기고 싶다.

나의 약점을 붙잡지 않고 다시 떠나보내면 된다. 이렇게 고백하면서. '안녕. 다시 튀어나온 약점 많은 내 아픈 생각들아. 다시 찾아오지 않았으면 좋겠지만 그래도 온다면 받아야겠지. 치료 밖에는 다른 방법이 없는

망가진 입속처럼 받아들이고 치료해서 떠나보낼 거야. 하루면 충분했잖아. 안녕히 가세요. 내 나쁜 생각들.'

약점 많은 나의 인생. 나는 매일 약점을 드러내며 살겠지. 아이들을 키우면서 부족한 엄마일 테고, 친한 친구에게 다정하다가 간섭하기도 하고, 돈을 벌려고 노력하지만 욕심부리다 잃기도 하고, 자신만 아는 이기적인 사람이라는 주변 사람들의 아우성을 듣기도 할 거다. 그래도 환자들이 감추고 싶어한 약점 같은 입속 문제들을 고치며 돕다가 내 약점까지 잘 극복하는 사람이 되어 너그러워지면 좋겠다.

사람은 누구나 취약한 부분이 있고 평생 바뀌지 않을 약점을 가지고 산다. 그런 약점을 자연스럽게 바라보지 못한다면 고칠 마음을 먹기도 어렵다. 스스로에게 있는 약점에 친절해야 타인과 함께 살아가는 이 세상을 좋게 바라볼 수 있다. 소설을 읽으며 타인과 세상을 이해하는 방식을 찾는다. 주인공들이 나처럼 연약할 때 공감하며 '이 사람도 나랑 비슷하네. 이 사람은 나보다 약점이 더 많아.' 하며 집중해서 읽는다. 회복된 소설

주인공처럼 부디 나를 포함한 환자들이 나아지길 바라고 패자처럼 뒤로 물러서지 않길 바라면서.

"네. 고칠 수 있습니다. 싹 다 고칠 수 있어요."라고 호언하는 의사가 될 수 있으면 더욱 좋겠다. 그러려면 제발 내 약점과 환자들 약점 앞에서 자신감이 솟았으면 한다.

서로를 지켜줄 보호자

치료가 성립하기까지 필요한 삼박자가 있다.

치료자(의료진)와 환자와 그 모든 치료 과정을 지켜보는 보호자. 보호자는 치료에 대한 설명에 동의를 하고 함께 지켜보고 그 결과에 대해 환자와 함께 비용을 책임지는 사람이다. 치료 시작 전에 치아가 가진 한계를 환자와 함께 듣는 것도 보호자이다. 어린이와 몸이 노쇠한 노인과 움직일 때 제한이 있는 장애인의 경우는 특히 보호자가 꼭 있어야 한다. 치과 치료는 늘 변수가 많고 비용도 바뀔 때가 많아서 동일한 보호자가 치료 과정을 함께 이해하고 있어야 좋다.

치료비를 지불할 능력이 없는 노인들은 돈을 내줄 아들, 며느리, 딸과 함께 온다. 아버지의 치료비를 계산하고 가는 직장인 아들의 뒷모습은 든든해 보인다. 매번 너무나 다정하게 손을 잡고 오길래 딸인 줄 알았는데 며느리였던 경우도 있다. 큰아들과 작은아들이 번갈아 가면서 부모를 모시고 온다. 치료 시간이 오래 걸리는데도 한참을 기다렸다가 손을 꼭 붙잡고 걸어 나가는 딸과 엄마의 뒷모습은 정말 보기 좋다. "엄마, 치료가 다 될 때까지 충분히 기다리래. 기다리자. 엄마, 안 아팠어?"라며 딸은 염려하고 "아무렇지 않다. 나 치료 안 해도 된다니까. 낼 죽을지도 모르는데."라고 엄마는 태연하다.

몇 년 전에 갑상선 조직 검사를 받으러 혼자 대학 병원에 갔다. 세포 타입에 대한 검사였고 어떤 과정인지 알지만 진료실에서 의사를 기다릴 때 나도 무서웠다. 검사용 체어에 누워 소독된 포를 덮고 의사를 기다리는데 검체가 된 기분이었다. 세포를 떼내야 하는 개체로서 완벽히 준비된 나는 누가 건들면 곧 울음을 터트릴 것 같았다. 곧 나타난 의사가 "처음 하시죠? 떨리겠지만

금방 끝납니다. 초음파 보니 사이즈는 커도 경계가 예
쁘니 확인해 봅시다." 그 말이 끝나자 푹 들어오는 바늘
이 느껴졌다. 짧은 순간이었지만 '예쁜 경계'란 말에 안
심했고 금방 끝난다는 말에 덜 무서웠다. "예쁘대, 걱정
말래."란 의사의 말을 혼자 중얼거릴 때 잔뜩 두려웠던
난 눈물이 조금 났다. 미처 다 울지 못했는데 그 과정은
끝났고 얼얼한 느낌이 그 뒤 오래 남았다.

만약에 내 보호자가 복도에 있었더라면 검사가 끝나고
엄청 아팠다든가 검사가 끝난 느낌이 어떤지, 안에서 의
사가 어떻게 말했다든지 다 이야기했을 것이다. 어려운
치료일수록 과정을 넘어가기 위한 힘이 필요하다. 그
여분의 힘을 북돋아주는 보호자와 함께 있어서 치료 후
하소연하듯 그 과정을 이야기로 풀어낼 수 있다면 그러
는 동안 스트레스도 풀릴 수 있을 테니까.

나이가 많은 경우도 보호자가 필요한데, 간혹 무작정
보험 틀니와 보험 임플란트 혜택을 받으러 혼자 방문
하는 분이 있다. 자식들에게 부담 주기 싫어 직접 설명
을 듣고 해결하려고 한다. 그런 경우는 난처하다. 반

면에 서로가 보호자가 되어 함께 오는 노부부는 반갑다. 목소리가 아주 큰 할머니가 나이에 비해 체구가 좋고 젊어 보이는 할아버지랑 내원을 했다. 할머니 목소리가 얼마나 쩌렁쩌렁하던지 대기실에서 말하는 소리가 진료실까지 들렸다. 처음엔 컴플레인하는 소리인 줄 알고 긴장했다. 나중에 알고 보니 할아버지 귀가 잘안 들려서 어쩔 수 없이 할머니의 목소리 톤 자체가 커졌다고 했다.

할아버지가 주로 하는 말은 "대충해, 대충. 난 필요한 거 없어. 얼릉 끝내."이고, 할머니가 주로 하는 말은 "음식물이 쩡겨. 나물을 못 먹것어. 징하게 끼어서 못 살것는디, 치아 사이를 뭐로 막을 방법이 없어?"이다. 그 후 코로나 기간 동안 못 만나고 거의 3년 만의 방문인데 원장실 cctv를 통해 봤을 때 두 분을 알아보지 못했다. 할머니는 예전엔 없던 지팡이를 한 손에 쥐었고, 할아버지는 조금 더 절뚝거렸다. 두 분 다 흰머리도 더 많아졌다. 3년이란 시간이 노인에게는 몇 배 더 큰 변화를 준 것 같다.

오랜만에 방문한 두 분 모두 스케일링과 잇몸 체크를 받았다. 할아버지는 90대가 되었지만 치아가 건강하게 유지되고 있고 할머니는 양치질을 어찌나 꼼꼼하게 하는지 입안이 정갈하다. 할머니는 아직도 할아버지를 사랑하는 티가 너무 난다. 사랑하며 살아온 긴 시간을 증명하듯 할아버지가 잘생기지 않았냐고 말하며 잘 안 들리니 좀 크게 말해 달라고 대신 부탁했다.

서로가 믿고 의지하는 보호자인 할아버지와 할머니. 치료할 것이 있는지를 먼저 체크했다. 불편하다고 호소한 치아 시림과 음식물 끼는 점을 해결하기 위해서 따로 치아를 발치하거나 새로 보철을 할 필요는 없어 보였다. 당신은 따로 할 건 없고 현재 상태를 유지하기 위해 자주 오서서 염증이 생겼나 체크하라 당부하는 말에 두 분은 안심했다. 아무것도 안 해도 좋으니까 다음에 꼭 또 오라는 말에 그러겠다는 약속도 했다. 잠깐 동안 그들만이 가진 유머로 병원은 떠들썩했고 내 귀는 먹먹했다. 노부부가 사라지자 치과는 놀랍게 조용해졌다. 4~5개월 후 정기 검진하러 내원하겠지만 그들을 금방 다시 보고 싶고 이야기하고 싶은 건 어쩔 수 없다. 92세 할아버지와 83세 할머니는 함께여서 보기 좋은 커플이다. 서로를 아끼는 마음을 세월도 망가뜨리지 못했다. 장수하며 건강하게 살아온 부부의 인연이 서로를 지켜줄 보호자가 되는 순간을 지금처럼 계속 지켜보고 싶다.

'리지클럽'을 꿈꾸며

특별한 모임을 꿈꾸고 있다.

언제가 될지 모르겠고 어떻게 완성되어갈지 알 수 없지만 손 편지를 주고받는 '리지클럽'을 만들고 싶다. 인생이 코너에 몰린 사람들이 리지ridge에서 누군가를 깊이 만나기를 바라는 모임이다. 소중한 사람을 잃은 후 가장 속상했던 것은 나를 잘 이해하는 사람이 사라졌다는 점과 이제 속마음을 나눌 이가 없겠구나 하는 절망이었다. 많은 말을 하고 겹겹이 쌓인 관계 속에서 살지만 정작 하고 싶은 말은 한마디도 못하고 하고 싶은 것은 하나도 못하는 하루가 될 수도 있다.

한 친구에게 리지클럽을 꿈꾸는 내 마음을 보인 후 실험 삼아 손 편지를 주기적으로 주고받고 있다. 편지를 쓰고 봉투에 우표를 붙여 집 근처 빨간 우체통에 넣는다. 3~4일 후나 연휴가 끼면 거의 6~7일 후에 도착할 답장을 기다리느라 자주 우체통 주변을 왔다 갔다 한다. (그러면서 그 몇 걸음을 통해 하루 운동량을 채운다.) 어떤 마음으로 편지를 썼는지 기억이 흐릿해 답장도 어떤 내용이 올지 모른다. 문자와 카톡은 현재 일들을 묻고 답하지만 손 편지의 답장을 열어볼 때쯤엔 과거 이야기를 나누는 듯하다. 편지를 쓸 당시의 마음은 이어지지 않고 낯설게 느껴지지만 서로에게 벌어진 인생 이야기를 듣는 것처럼 읽는다.

손 편지를 쓰려고 편지지를 사고 편지지 주변을 채울 스티커를 산다. 그런 소비를 하면서 십 대로 돌아가는 기분이다. 첫사랑, 첫 마음 친구, 첫 연인을 위해 선물을 준비하는 사람의 마음처럼 손 편지를 준비하고 보내는 동안 젖어 드는 그 분위기가 좋다. 손으로 편지를 꾹꾹 눌러 쓸 때마다 고해 성사를 하듯 내 마음의 짐이 편지지 위에서 풀어진다. 컴퓨터 화면에 쓰는 것처럼 쉽게 지울 수 없기에 종이 위에 마음을 표현할 때면 틀리지 않으려고 더 집중한다.

인터넷상에서 마주치는 글들은 아주 많지만 읽고 싶은 글은 흔치 않다. 그것에 비해서 친구가 보내는 손 편지는 모든 문장이 읽고 싶고 소중하다. 편지를 쓰면서 상대가 나와 특별하게 연결되어 있다고 느끼면 실제로 그 대상은 더 다정한 사람이 되고 만나서 이야기를 나눌 때도 태도가 달라진다. 스쳐 지나갈 법했던 사람이 이제 서로에게 의미 있는 이야기를 주고받는다. 편지를 통해 친구가 되어가는 것은 삶에서 버려질 수 있었던 내 이야기와 아무도 관심 갖지 않았던 상대의 이야기가 서로 만나 연결되어가는 것이 아닐까.

"그랬어?"라며 쉽게 지나치지 못하고 "그랬구나, 그랬어. 이제야 알겠다."고 서로가 말한다면 특별한 친구이다. 친구는 좋은 것도 나쁜 것도 나누고 울음과 절망도 건넬 수 있으며 일을 시작할 때의 설렘과 마지막 성취까지 나눈다. 단 한 사람이라도 그런 친구가 있고 마음을 나눌 수 있다면 외롭지 않을 것이다. 수많은 사람들이 온라인상에서 이어져 있어도 진짜배기는 숫자의 크기에 있지 않다. 진심을 담을 수 있는 단 하나, 'the one'의 특별함에 있을 것이다.

친구에게 내가 잘 살고 있음을 보여주고 싶다. 내가 가진 억압을 벗고 진짜를 느끼며 살고 싶다고 말하면 한껏 응원해줄 것이다. 좋았고 아름다운 것들을 삶에서 더 많이 느끼고 감탄하며 살도록 서로를 격려할 수 있다. 우린 많은 부분을 억압하고 제어하며 살며 '다음번에 하자.'란 말로 기회를 만들지 않는다. 내 고통의 이유는 무엇일까? 나는 왜 내 스스로를 억압하게 되었을까를 생각해 봤다. 편지지 위에선 더 투명하고 정직해지기 때문에 '척했던 나'를 벗을 수 있다. 느끼는 척, 아는 척, 이해하는 척, 감동도 없으면서 감탄하는 척하는 모습을 가지고 편지를 쓸 수는 없다. 편지 속에는 내가 나답게 존재한다. 억압과 거짓을 완벽히 벗고 실제에 가까운 내가 되고 싶다. 그것을 하고 싶을 뿐이다.

자기 자신의 억압조차 이해하지 못하면서 타인의 억압과 슬픔을 이해한다고 말할 순 없다. 자신의 고통을 아파해 보지 못한 사람이 타인의 아픔을 자기의 마음 중심에 가져올 수는 없다. 감탄을 표현한다는 것이 얼마나 간절히 삶에 필요한지 모르는 사람은 타인이 감탄할 때 같은 마음이 되지 못하고 눈을 흘길지도 모른다.

지금은 기억 속에만 남아 있는 순천 외할머니 댁에는 펌프가 있었다. 솥이 있었던 부엌 정면에 있었던 수챗가. 샘가라고도 한 그곳에서 그릇도 씻고 몸도 씻었다. 그곳은 도시에서 시골로 놀러온 손녀를 위해 할머니가 닭의 모가지를 비틀고 털을 뽑는 장소로 바뀌기도 했는데 난 소리를 지르며 구경했다. 구정물은 샘가 옆쪽 낮은 도랑을 타고 흘러갔다. 할머니가 일을 할 때 난 옆에서 펌프질을 하거나, 도랑 쪽으로 물을 쏟아부어 구정물이 더 빠르게 흐르게 하며 놀았다. 도랑을 타고 흘러가는 물의 속도를 빠르게 하려고 물을 많이 붓다보면 당연히 옷이 젖기 마련이었다. 옷이 왕창 젖어도 물을 도랑 쪽으로 장난치듯 붓는 것을 그만두지 못했다. 지금 생각해도 그것 자체가 완벽히 자유로운 놀이였다. 물이 필요할 때는 펌프질을 해야 했다. 물이 콸콸 쏟아져 나오려면 마중물로 한 바가지 정도 물을 우선 부은 뒤 손잡이를 잡고 아주 열심히 위아래로 움직여야 한다. 몸이 작았던 나는 펌프질을 빨리 하기 위해 체중을 실었다. 매달리듯 배를 내밀고 배에서 나온 힘을 얹어서 모은 뒤에 있는 힘껏, 잡고 있는 손바닥이 빨개질 때까지 손을 위아래로 움직이면 콸콸 거품과 함께 물이 쏟아졌다. 그 물에 내 옷이 젖으면 난 신나서 소리를 쳤고 감탄했다. 노력으로 변화가 만들어지다니. 한 바가지의 물로 될까, 처음에는 의심했다. 펌프 안에 물을 부어도 아무 변화가 없는 것 같더니 갑자기 콸콸콸 물이 쏟아지다니! 거세진 물소리에 갑자기 흥이 났고 그다음에는 손바닥이 빨개질 정도로 펌프질을 하지 않아도 물이 잘 나오니 펌프질을 즐기기만 하면 됐다.

친구에게 함께 편지를 써보자고 엉뚱한 제안을 했던 날. 카톡과 문자가 있지만 편지를 쓰게 된다면 펌프에서 콸콸 쏟아져 나온 물처럼 우리 안에 존재하는 눈물과 고통과 속상함과 기쁨 들이 흘러나올 수 있을 거라고 믿었다. 난 자신이 있었다. 나는 리지클럽의 회장을 하고 회원은 없지만 친구에게 이사든 본부장이든 원하는 무엇이든 다 하라고 했다. 우린 그렇게 시작했고, 만나진 못해도 펌프의 물처럼 스스로 퍼 올리는 삶이 되도록 편지로 서로를 지켜주고 있다.

삶의 대부분의 시간은 무덤덤하고 변화가 없다. 웃을 일도 벅찰 일도 쉽게 생기지 않는다. 편지를 주고받게 된 뒤로 병원에서 화장실을 가려고 나섰다가도 1층으로 뛰어 내려가 건물 앞 우체통에 가보곤 한다. 아직 도착할 때가 안 된 걸 알면서도 간다. 편지가 도착했는지 확인하는 사람이 되기도 하고 이번에는 무슨 색깔 봉투가 올지, 새로 샀을까 궁금해하기도 한다. 펌프질을 끝내고 물이 쏟아져 나올 때 흐르던 기쁨의 물이 내 안에 가득 찬다. 기쁨이 이미 있었던 것처럼 터진다.

날마다 보는 우중충한 건물의 유리를 특별한 스테인드글라스로 바꿨다고 생각해 보자. 빛이 통과해 나온 순간 아름답게 바뀐 모습을 숨죽이듯 바라보게 될 것이다. 건물은 같은데 주변 빛이 달라졌다. 빛이 쏟아지는 것처럼 나는 나와 연결된 사람을 통과하며 찬란해진다. 우린 서로 운명이 되어주며 서로를 빛나게 할 빛의 역할을 해줄 수 있다. 나의 빛이 너를 통과할 때, 너의 빛이 나를 통과할 때 우리는 같이 빛난다. 서로의 기쁨과 아픔에 관심을 갖고 사랑함은 빛이 대상 속을 더 깊이 통과해 각자의 존재를 더 빛날 수 있게 할 것이다.

난 오늘도 이야기를 채울 편지지를 산다. 내가 보낸 편지에 답장이 올 우체통 주변을 서성이며 기다리는 삶을 산다. 답장이 오지 않았어도 오늘 하고 싶은 말을 종이 위에 또 적는다. 그리고 더 많은 사람들이 십 대 때 펜팔 친구로서 편지를 썼던 추억을 떠올리며 편지 친구가 될 수 있는 '리지클럽'의 탄생을 꿈꾼다.

당신이 누군가를 빛나게 만들고 있다면 당신은 그 사람의 운명이고, 당신을 누군가가 빛나게 만들어주고 있다면 바로 상대가 당신의 운명일 것이다. 그 상대가 가족, 친구, 사랑하는 이, 직장 동료가 되는 건 당연하겠지만 그 어디에도 속하지 않던 사람과 편지를 주고받음으로써 서로를 빛나게 해줄지는 아무도 모를 일이다.

편지 쓰는 삶을 살아보시라. 억압이 아니라 감탄이 늘고 스스로 더 자주 웃을 것이다. 입 밖으로 차마 표현하지 못한 것들이 편지에 실려 어디론가 날아갈 것이다. 펌프질하며 쏟아져 나온 물에 감탄했던 그 느낌 그대로 나와 연결된 모든 대상들을 향해 편지를 씀으로써 다가가고 싶다. 빛나고 싶은 내가 되기 위해, 같이 빛나고 싶은 친구를 향해.

종점까지 가보는 겁니다

대학 시절 먼 곳으로 여행 가지 못할 때면 동네에서 버스를 타고 출발했어요.

잠깐이라도 여행하는 기분을 내고 싶은 마음에 종점까지 갔다 왔지요. 가끔은 햄버거를 사기도 했어요. 그리고 버스 제일 뒷자리를 차지하고 앉아 시내를 지나고 아파트들이 모여 있는 중심지를 지날 때까지 기다렸어요. 버스가 복잡했던 시내를 벗어나 시외 쪽으로 달리기 시작하면 텅 빈 버스에서 햄버거 포장을 벗겨내 기다렸던 마음보다 더 크게 한 입 베어 물었어요. 그때 맛본 불고기 햄버거는 지금도 제일 좋아해요. 햄버거를 맛있게 씹으면서 보는 차창 밖 풍경은 그 어느 여행지보다 맘을 들뜨게 했지요.

타기 전에는 38번 버스를 탈까 5번 버스를 탈까 한참 고민해요. 왜냐하면 그 버스가 가기로 예정된 목적지인 버스 종점 분위기가 다 달랐거든요. 중간에 내렸다가 돌아오는 일은 없었으니 시작할 때 고르고 끝까지 가기로 결정해야 해요. 버스를 탄 모든 승객이 내려도 저는 종점에 일을 보러 온 사람처럼 태연히 있어요. 내리는 그 끝점까지 가기로 했으니까 가는 겁니다. 타기로 한 버스 번호는 예정대로 주어진 내 삶의 번호 같고 중간에 갈아타지 못하고 쭉 달리는 버스는 일상 속의 제 모습 같아요. 인생에서는 같이 출발해서 어디에선가 만나기로 했던 친구 버스들을 따라잡지 못해 혼자 남기도 하죠.

2015년에 저는 혼자 달리는 버스처럼 되기로 작정하고 일상을 더 천천히 외롭게 달렸어요. 모임에 갈 수 없었던 시절이었고 이유를 설명하지 못하고 모임에서 사라진 제가 되었어요. 친구들 인생 버스와 겹치지 않게 늘 상관없는 존재처럼 혼자 떠나고 도착하고 다시 떠나길 반복했고요.

그러다가 여자 치과의사라는 공통점을 가진 모임에 오랜만에 나갔어요. 7년 만이었어요. 낯설었지만 고마웠어요. 그리워했던 사람들이 말하는 소리를 가까이 들을 수 있어서 맘 편히 배불리 먹을 수도 있었어요. 사실 늘 그리워했거든요. 타인이 먼저 나를 찾아주길 바랐어요. 이제는 그리워만 말고 내가 찾아 움직여야 한다는 걸 알아요. 내게 소중한 사람이 내 곁을 지나치는데 어떻게 가만히 앉아 있어요? 내게 할 말이 있을 거라고 생각하고 기다리는데 어떻게 포기할까요?

꿈을 꾸었어요. 꿈속의 난 웃고 싶지 않았지만 사람들이 화면을 보고 웃는 걸 따라 웃는 척해요. 내 바로 뒤에 사랑하는 사람이 앉는 걸 보았어요. 영화가 재미있지 않았는데 그 사람이 뒤에 있다는 사실에 안도하며 그제야 영화를 보며 웃었어요. 그런데 어느 순간 내 옆쪽 통로로 그 사람이 떠나가요. 내게 전할 말이 있을 것 같아서 기다렸는데. 순간 뛰어갈까 그 사람이 다시 오길 기다릴까 선택해 보려 머리를 굴렸지만 늦었어요. 시간이 많이 지났어요. 영화는 이제 눈에 들어 오지 않았지만 영화가 끝날 때까지 앉아 혹시 그가 다시 올지도 모르니 기다리기로 해요. 하지만 꿈은 그 사람이 돌아오는지 보여주지 않았어요. 잠을 오래오래 자서 그 사람이 돌아온다면 꿈에서 깨고 싶지 않았지만 그러지 못하고 일상으로 돌아왔어요.

내 곁을 스쳐 지나가는 사람과 기회들은 많았죠. 예전이라면 내버려두거나 포기가 쉬웠을 건데, 달리기 하는 습관이 생겨서 그런가 이젠 내가 그 사람을 따라 뛰어나갈 수 있을 것 같아요. "저기요, 당신은 제 인생 종점에 있을까요? 제 인생 종점까지 같이 가줄 수 있어요?"라고 물어보기 위해 뛸래요. 내 인생 종점에 혼자 있기 싫어요. 내 인생을 붙들어준 고마운 사람들을 이번엔 내가 붙들어주면서 함께 서 있을래요.

종점까지 버스 타고 왔다 갔다 하면서 중간에 내리는 사람들을 참 많이 구경했죠. 병원 입구에서는 아픈 사람들이 타고 내리고, 시장 입구에서는 시장에 볼일 있는 사람들이 시끌벅적 내려요. 전 그들과 다른 행성 사람처럼 느긋했어요. 종점에 도착하기 전까진 절대 내리지 않는다는 결심을 했기에 일상을 사는 사람들과 차이가 있었거든요. 운이 좋다, 나쁘다는 건 뒤에 가서 하는 말이에요. 행복한 자는 막대기를 심어도 레몬 나무로 자란다는 키케로의 말부터 확인해야죠. 내가 오늘 찔러놓은 막대기들이 어찌 됐나 보러 종점까지 가요. 이미 작정한 사람, 끝까지 버틸 사람으로요. 종점까지 가보는 겁니다. 바삐 가는 친구들 버스에 뒤처져도 가끔 다시 만나면서 갈 수 있을 테지요. 몇 번 버스를 탈지 우선 잘 골라 잠깐이라도 떠나봅시다.

병원 간판을 새로 달았습니다.

이사한 것도 아니고 그 자리에 간판만 새로 한 것이 생뚱맞아 보이지만 했습니다. 도망가고 싶었던 자리에서 도망가지 않겠다는 선언을 핑크색 간판에 담아두며 새 출발을 하고 싶었어요. 간판 업자에게 "제 꿈을 달아주세요."라고 대뜸 말했던 것은 현재의 병원을 지키고 싶은 마음이라 그런 거예요.

저는 이제야 진정한 '살림'을 하고 싶나 봐요. 치아 살리고 치과 살리고 저도 살고 싶어요. 살리며 사는 삶을 원합니다. 병원 건물 화장실 창문이 깨졌어도 몇 년째 그냥 둔 곳을 얼마 전에 천을 잘라 가렸어요. 살아낼 마음이 없던 사람치고는 아주 바뀐 거죠. 이젠 화장실 갈 때마다 고쳐둔 곳에 시선을 두면 흐뭇합니다. 다시 잘 살고 싶은 사람은 무언가를 하게 되나 봅니다.

매일 치통을 가진 사람들을 만나요. "왜 아프죠?"라고 묻는 사람들에게 설명하고 처치를 해서 고쳐놓지만 관리해도 치아 문제는 다시 생기더라고요. 온전한 상태라는 것은 없고 늘 불안정합니다. 삶을 사는 제 마음도 그래요. 좋았다가 다시 예민해지고 아픈 것이 치통과 닮았습니다. 치아도 마음도 참 소중한데 관리하기가 참 어려워요. 처음과 같았으면 좋겠지만 유지가 안 되고 망가져갑니다. 모든 게 그럴 만한 사정이 있고 이유가 있어요. 누군가 들여다보고 도움을 줬으면 하지만 '내 속사정은 아무도 모르겠지.' 하면서 입을 꾹 다물고 마음도 닫고 이해받지 못한 채 지냅니다.

이제 저조차 제 고민을 잊어버려 무엇이 문제인지 기억나지 않아요. 이 책을 읽어준 당신에게 편하게 맘 먹고 저를 따라 자신을 열어보라고 말해주고 싶어요. 제가 제 이야기들을 꺼내면서 다시 일의 의미를 찾았듯이 당신도 당신만의 다른 의미로 일한다는 게 뭔지 알아갈 수 있었으면 좋겠어요. 서로의 삶을 함께 챙기고 우리의 삶이 더불어 피어났으면 좋겠습니다.

책을 쓰고 나니, "언제까지 일할 거야?"라고 누가 묻는다면 "이젠 전 은퇴 없어요. 종점 없이 쭉 갈 거예요."라고 말할 자부심이 생겼어요. 쓰기 힘들었고 보여주기 그토록 힘들었던 제 이야기들이 저 맞아요. 온전히 날 지켜준 진정한 제 이야기들이어서 소중해요. 당신도 그렇지 않나요? 당신에게 있는 '당신만의 이야기들' 역시 아 하고 들여다보면 여러 겹의 의무와 힘겨움들이지만 당신을 감싸 지켜왔고 비빌 언덕이 되어줬을 거예요.

잠시 뒤섞어봐요.
눈을 감았다가 떠보는 거죠.
가만히 10초쯤 머물러보는 거예요.
왼쪽 눈과 오른쪽 눈에 각각 대칭되는 인생 경험을
놓아보는 거죠.

저라면, 왼쪽엔 아빠와 동생을 두고

오른쪽엔 일해야 한다고 버티는 절 두고요.

왼쪽엔 치과의사인 내 자신을,

오른쪽엔 작가의 꿈을 가지고

부산스럽게 움직이는 날 고정시켜요.

왼쪽엔 남편과 아이들을 두고

오른쪽엔 사랑하는 친구들과 소중한 인연들을 두고선

이제 두 눈을 동시에 깜빡여요.

날 갈등하게 하고 무겁게 했던 것들을 모조리 넣어

한 번 두 번 열 번까지 반복해 동시에 섞어버려요.

눈을 감아보면 내 기억 중 일부분은 남고

어떤 것에는 새로운 의미가 생겨나죠.

조금 더 강해지고 솔직하며 도톰해진 것들이

마지막 일하는 순간까지 나와 더불어 있어줄 거라 믿어요.

책을 쓰고 난 뒤에 제가 건진 단어는 '자부심'이에요. 망쳐지고 부끄러움으로 가득했던 제 혼돈스러운 바닥을 딛고 올라서는 데는 제 이야기를 소중히 여기는 마음이 제일 필요했어요. 나를 찌르던 것이 어떻게 날 지킬 수 있게 되었는지 말하다보니 제 심장이 막 뛰대요. 감춰야 하는 비밀이 내 힘이 되었고 아무도 모르는 그 경험들 때문에 내 인생을 사랑으로 채웠다고 고백할 수 있었어요. 이 책이 만들어진 이후엔 '환장하겄다'며 투덜거리며 치아를 치료헸던 제 일을 더욱 사랑할 수 있었으면 좋겠습니다.

저와 똑같은 일터와 인생은 아니지만 비슷한 울음과 웃음을 가진 사람들을 생각했어요. 매일 바닥에서 천장까지 오르락내리락하듯 좋아졌다 나빴다를 반복하며 사는 사람들에게 제 이야기가 잠시라도 입꼬리를 올릴 웃음을 주는 순간이 있었으면 해요. 각자가 가진 고통이 상대에게 쓸모가 되도록 격려하듯 건네면 어떨까요. 샌드위치를 만들어 절반씩 주는 것처럼요.

자기 이야기는 있냐 없냐를 계속 물으면서 엄마가 좋다고 좋알거리며 웃음 주는 중학생 딸, 뽀뽀하자면 얼굴을 돌려주며 엄마 위할 줄 아는 고등학생 아들, 한결같이 따뜻한 남편과 양가 부모님에게 고마움을 가득 전합니다. '즐거운하치과' 직원 분들과 독서 모임 식구와 글쓰기 모임 식구는 매일 저와 함께 지내기에 고맙고, 어려울 때마다 힘 솟게 해주는 사우나 언니들을 포함, 날 사랑해주는 인생 언니들에겐 사랑의 마음을 보냅니다. 친구들과 선후배 동료 치과 샘들 모두에게도 감사합니다. 우리 다 같이 종점 없이 끝까지 자기 이야기들을 지키고 나눠주며 살아요.

인생 끝점은 이제 없는 겁니다.

나와 잘 지내는 시간 04

이토록 가까운 거리라니요

1판 1쇄 인쇄   2023년 12월 4일
1판 1쇄 발행   2023년 12월 20일

지은이   하혜련
펴낸이   김원자
펴낸곳   구름의시간

편집   김원자
교정·교열   유지은
디자인   류지혜
인쇄·제책   미래상상

등록   2021년 11월 11일

모바일팩스   0508-952-7472
이메일   cloudtime2022@naver.com

ISBN   979-11-979287-6-5 03810